MESUD TOPA

DİBE VURANLAR

DESTEK
yayınları

DESTEK YAYINLARI: 534
EDEBİYAT: 195

DİBE VURANLAR / MESUD TOPAL

İmtiyaz Sahibi: Yelda Cumalıoğlu
Genel Yayın Yönetmeni: Ertürk Akşun
Yayın Koordinatörü: Erol Hızarcı
Editör: Devrim Yalkut
Son Okuma: Kemal Kırar
Kapak Tasarım: İlknur Muştu
Sayfa Düzeni: Cansu Poroy

Destek Yayınları: Şubat 2015 (3.000 Adet)
Yayıncı Sertifika No. 13226

ISBN 978-605-9913-40-9

Harbiye Mah. Maçka Cad. Narmanlı Apt. No. 24 K. 5 D. 33 Nişantaşı / İstanbul
Tel.: (0) 212 252 22 42
Fax: (0) 212 252 22 43
www.destekyayinlari.com
info@destekyayinlari.com
facebook.com/ DestekYayinevi
twitter.com/destekyayinlari
instagram.com/destekyayinlari

Deniz Ofset - Nazlı Koçak
Sertifika No. 29652
Maltepe Mah. Gümüşsuyu Cad.
Odin İş Mrk. B Blok No. 403/2
Zeytinburnu / İstanbul

MESUD TOPAL

DİBE VURANLAR

"Dibe vurmak, kalabalıklar içinde kendini yalnız hissetmektir"

DESTEK
yayınları

"Hayat, hiç sahnelenmeyecek
bir oyunun tekrarlanan provasıdır."
– Amélie

Sahte aşklardan sıkılan insanlara...
Ve diptekilere...

Bu kitapta ismi geçen bütün karakterler hayal ürünüdür.
Biri hariç…

İÇİNDEKİLER

BÖLÜM 1:

ARIZALI KALPLER

"Her şeyi anlıyorum... Ve bu beni öldürecek."
– Dostoyevski

Nasıl yapıyorsun bilmiyorum.

Ağır silahlı sorularla aklımı işgal ediyorsun!

Sonrası…

Sonrası yok işte! Aklım kuş olup uçuyor…

ARIZALI KALPLER

"Güldü, vallahi güldü!
Demek ki verecek; gönlünü tabii..."
– Dokunmayın Şaban'ıma

Bir eylül günüydü, geceydi, yağmurluydu ve biraz da hava serindi. Hava şartları seni sevmem için müsaitti ve ben ilk otobüsle sana gelmek istiyordum. Ama senin nerede olduğunu bilmiyordum. Hangi şehrin, hangi semtindeydin? Oturduğun yer nasıl bir yerdi, koltukların ne renkti? Hiçbir şey bilmiyordum. Ben sana gelmek istiyordum. Ama zaten vakit gecenin tam yarısıydı. Bütün otobüsler çevrimdışı, bütün minibüsçüler derin bir uykudaydı, belki bazılarını uyku tutmuyordu, onlarca sıkıntıları vardı! Ne bileyim kimisi karısından yeni boşanmıştı. Kimisinin çocuğu hastaydı. Yani benim sana gelmek istiyor olmam ikinci hatta üçüncü plandaydı...

Ben sana gelmeyi kafaya koysaydım bir yolunu bulur gelirdim. Belki de seni eskisi gibi sevmiyorum. Belki de alıştım artık sensizliğe. Ne olur bu gece aklımı saçma sorularla meşgul etme...

Arızalı bir aşktı bizimkisi, bazı diğer arızalı aşklar gibi. Pek fazla bir farkımız yoktu diğer aşklardan. Sadece isimlerimiz farklıydı. Hatta belki de bazılarıyla isimlerimiz bile aynıydı...

İkide bir hayat yolunda, tam sol şeritte yolda kalıyorduk biz. Külüstür yüreklerin içinde birbirimizi taşımaya çalışıyorduk. Kafamız da hiç çalışmıyordu hani. Külüstür yüreklerimizle haddinden fazla hız yapmaya çalışıyorduk. Sonunda aşkımızı keskin bir virajda bariyerlere bindirdik. Allahtan şarampole yuvarlanmadık...

İkimizin gramajı aynı değildi ben senden 20,3 kilo fazlaydım. Gerçi aşkta kilonun ne önemi var bilmiyorum. Senden sonra biraz kilo aldım. Herhalde bu yüzden takıntı yaptım bu kilo sorununu. Bir aşkta kilo problem olur mu? Seninle aynı kiloda olsaydım bir ihtimal şu anda yanımda olurdun. Ne diyorum Allah aşkına ben! İyice saçmalamaya başladım! Gerçi aşk saçmalıkları sever derler ama sen benim saçmalıklarımı sevmedin. Zaten sen beni de hiç sevmedin ki...

Yeni bir çalar saat aldım. Alarmı da tam gece 00.00'a kurdum. Hani beni terk ettiğin zaman dilimi var ya, işte o vakit gelince, saat deliler gibi ötüyor ve ben o an gidişini düşünüp duruyorum. Bir insan neden gecenin bir yarısı terk edilir?

Aslında bana koyan gecenin bir yarısı terk edilmek değil. Ulan! (Pardon aşkım. Ama daha ağırını da hak ediyorsun onları diğer sayfalara saklıyorum...) Sen beni, TV karşısında Şampiyonlar Ligi finalinin kutlamalarını izlediğim sırada terk ettin! Madem hoşuna gitmiyor söyleseydin kanalı değiştirirdim. Üstelik sen beni bakkala gidiyorum diye terk ettin! Ben de az geri zekâlı değilim. Bakkal binanın altında, bir kadın alt kattaki bakkala giderken, çantasını alıp tam donanımlı üstünü giymez. Üstelik giderken bana, "*Bir şey istiyor musun?*" diye sordun. Bazı zamanlar kafam basmıyor işte. "*Bir şey istiyor musun?*" Dümdüz, sonunda *canım* bile yok! Ben de mal gibi Tadelle istedim senden. Ve sen, "*Tamam...*" diyerek gittin, gidiş o gidiş. Bakkala bile uğramamışsın...

Bana bir Tadelle borcun var...

Bundan sonraki Şampiyonlar Ligi finalinde umarım beni terk ettiğin gece karşılaşan iki takım denk gelmez! Yemin ediyorum hem sana hem de o iki takıma çok ağır küfrederim. Hayır yani ikisi de aynı ülkenin takımı, koskoca ülkeyi senin yüzünden karşıma alamam...

Duvarda Beyoğlu'ndan aldığın çakma Van Gogh tablosu var canım sıkılınca o tabloya bakıyorum. Hani adı *Ayçiçekleri* olan. Gerçi Van Gogh'u severim ama bu tablo gerçekten boktan! Ne var yani bu tabloyu çizmekte, bildiğimiz vazo, içinde de ayçiçekleri. Yani ben çizemem tamam ama Yasemin güzel çizerdi...

Yasemin ve Geçmiş Zaman

İlkokulda Yasemin'e deli gibi âşıktım. Ama hiçbir zaman bunu ona söyleyemedim. Hatırlıyorum sürekli okuduğumuz kitapları takas ederdik, ona ilk verdiğim kitap *Oliver Twist*'ti.

O zamanlar bir gazete vardı (şu anda yok), dünya klasiklerinden bir kitap verirdi her gün, ben alır okur Yasemin'e verirdim. Yasemin gülerdi ve ben sürekli onun gülümsemesi için bütün harçlığımı kitaba yatırırdım. Ben kitap verirdim, Yasemin gülerdi. Bu böyle uzar giderdi. Olsun, Yasemin gülsün yeter. Hatta bütün Yasemin'ler gülsün…

Ama ondan sonra anam ağladı. Yani *Deyimler* Sözlüğü'ne göre burada anam değil aslında ağlayan ben oluyorum galiba. Her neyse, zaten deyimlerden oldum olası nefret ederim, bana atasözleriyle gelin. Mesela, *iki ucu boklu değnek.* Gerçi bundan da bir halt anladıysam hiçbir şey olmayayım, zaten hiçbir şey olamadım. Küçükken, "*Büyüyünce ne olacaksın?*" sorusuna hiçbir zaman cevap veremezdim, "*Hiç!*" der geçerdim. Aslında zeki çocukmuşum galiba, baksanıza büyüdüm *hiç* oldum. Dedem bir baltaya sap olamadığımı söyleyip duruyor, ondan sonra ben senin yaşındayken diye bir başlıyor sonrası evlere şenlik. Mesela bir gazetecinin yanında çalışıyormuş, bunu öyle ballandıra ballandıra anlatıyordu ki, gören de ulusal çapta büyük bir gazete zanneder, ufacık bir handa basılan küçük bir esnaf gazetesi. Gerçi "*Vay be!*" dediğim yanları da yok hani, mesela adam 76 yaşında tek nefeste 70 metrelik yolu koşuyor, Tolstoy için de böyle derler, gerçi Tolstoy kendisi söylüyor bunu. Ama Tolstoy dedemi tanımıyor, dedemin de Tolstoy'u tanıdığından pek emin değilim…

12 yaşındayken bana bir hediye almıştı, yaşım 13 de olabilir orası tartışmaya açık bir konu, her neyse 12 yaşındaki

bir çocuğa nasıl bir hediye alınır? Şahsen ben 12 yaşında bir çocuğa hiç hediye almadım, şayet alsaydım? Neyse işte alacak bir şey bulurdum. Ama dedem bana ne mi aldı? Bir erkek çocuğuna alınabilecek en işe yarar şeyi aldı, bir alet seti. Evet bir alet seti, içinde kontrol kalemi, pense, tuhaf bir çakmak, bir de ıvır zıvır bir sürü şey. Sonrası ise tam bir felaket oldu. Kimse yokken evdeki televizyonun kablosunu söktüm, sonra suya batırdım, diğer parçasıyla yapıştırıp prize taktım. İşte o an hayatımın en güzel anıydı. Aslında şiddetli bir sigorta patlama sesinden önce beni çarpan ve (dozajı iyi denk gelince güzel kafa yapıyor, sonraki iki denememde bu tadı alamadım, birinde hastanelik oldum) içime işleyen elektrik hoşuma gitti, değişik bir deneyim oldu benim için, hayattan tat alamayanlara tavsiye ederim…

Sonrasında babam hayatın tadını ve anlamını kavramama yarayan bütün malzemelerime el koydu, ama o tuhaf çakmağı unutmuştu. (Bu arada sevgilim seni unuttum zannetme. Sana geri döneceğim. Şu anda mevzu derin.) O çakmak iki büyük badireye yol açtı. Yani badire dediysem evi falan yakmadım, sadece bir ormanı yakıyordum, son anda söndürdüler, bir de uyurken dayımın o uyuz olduğum uzun saçlarını yaktım. Ama dayımın saçını yakarken çok büyük zevk aldım. Çünkü saçımı uzatmama ailem izin vermiyordu ve o serseri dayımın (ben demiyorum, dedem böyle der) saçı bana metrelerce uzunmuş gibi gelirdi…

Ondan sonra çakmağı da aldılar elimden…

Şimdiki Zaman ve Ninja Kaplumbağalar

Ben seni özlüyorum. Hem de köpekler gibi özlüyorum. Ve biliyorum bundan kaçış yok...

Az önce çay demledim. Ve beni bıraktığın yerdeyim yine. Televizyonun karşısında. *Ninja Kaplumbağalar*'ı izliyorum. Çocukken en sevdiğim çizgi filmdi. Kazık kadar adam oldum, hâlâ severek izliyorum *Ninja Kaplumbağalar*'ı. Senin yokluğunda değişen pek fazla bir şey yok, sadece senden sonra daha fazla kitap okumaya başladım. Evin dört köşesine yayılmış durumda kitaplar. Bu dağınıklığa senin elin değmeli mutlaka...

Yorgun bir sabah vakti
Güneş henüz düşmedi pencereme
Sokakta amaçsızca havlayan köpekler
Sahi bir köpek neden durup dururken havlar?
Bilmiyorum...
O kadar boş ve o kadar can sıkıntısı bir adamım ki
70 yaşında hissediyorum kendimi
Bastonumu verin
Emekli maaşımı bağlayın ve beni bir köşede
yalnız başıma bırakın
İçim geçmiş galiba!
Ama içimdeki sen hayatımdan bir türlü geçip gitmiyor işte...

Geçmiş Zaman ve Yasemin'in Burnu

Bir gün okul çıkışı Yasemin'e gel dondurma yiyelim dedim. Hayır demedi. Zaten Yasemin senin gibi değildi, bana asla hayır demezdi. Dondurmacıdan iki külah dondurma aldım. Yasemin limonlu severdi. Ben limondan nefret ederim. Sonra okulun yakınında bulunan parkın banklarından birine oturduk...

Tam oturduğumuz sırada sağ tarafımda bulunan direğe konan bir böcek gördüm. Böceğin türünü bilmiyorum ama böcek bana baktı ben de böceğe. Sonra böcek başımın üstünde uçmaya başladı. Oysa ben böceklerden korkarım. Hâlâ da korkuyorum. Böcek başımın üstünde döndükçe, başım da dönmeye başladı. Sonra böcek konacak yer bulamazmış gibi, çocukluk aşkım Yasemin'in dondurmasının üzerine kondu (ya da düştü bilmiyorum). Ben de bir anlık ani refleksle ve elimde olmayan aptalca bir içgüdüyle dondurmaya tokadı geçirdim. Gerçi tokat dediğime bakmayın, bildiğimiz yumruktu. Çünkü Yasemin'in burnu kırıldı...

Bu elim kazadan sonra, uzun bir süre Yasemin'in gözüne gözükmemeye çalıştım. Zaten bir hafta okula gelmedi. Ben de gidip ne oldu ne bitti diye sormadım...

Bir hafta sonra Yasemin okula geri geldi, ilk olarak hasar bıraktığım yere burnuna baktım. Burnu kıpkırmızıydı, domatese benziyordu desem yalan olmaz. O gün sürekli Yasemin'den kaçıp durdum. Ama çıkışta Yasemin beni yakaladı. Ağır sözler söyleyip bana küfretmesini bekliyordum. Ama biz çocukken şimdikiler gibi küfretmeyi bilmezdik. Mesela ben *piç* diye telaffuz edilen o küfrü, küçükken hep *pirinç* olarak algılardım. Ve hep merak ederdim. Neden sokaktaki bizden yaşça büyük çocuklar birbirlerine *pirinç* diye bağırırdı? Her neyse, Yasemin okul çıkışı ondan kaçmaya çalışırken yakaladı beni. Gülerek yanıma geldi, "*Dondurma yiyelim mi?*" dedi. O zaman açık bir şekilde tırsmaya başladım. Ödüm bokuma karışmıştı. (O yaşta bildiğim afili argolardan biri.) Hiçbir şey diyemedim. Sadece kısık bir sesle, "*Olur...*" dedim. Yasemin'in peşine takılıp dondurmacıya gittik. Bu sefer dondurmaları Yasemin ısmarladı. Dondurmaları aldıktan sonra, "*Parkta oturalım mı?*" dedi. O zaman daha da korkmaya başladım. Ama yine de, "*Olur...*" dedim. Yasemin'in elinde limonlu dondurma, benim elimdeyse vanilyalı dondurma parka doğru yürümeye başladık. Parka giden yol gözümde dağlar kadar büyüdü. Aklımdan bir otoban dolusu düşünce geçiyordu. Kesin dedim parkta Yasemin'in tanıdıkları var, onlar da benim burnumu kıracak. Ya da dedim belki de burnumu sadece Yasemin kırar. O an bu düşünce hoşuma gitmeye başladı. Acıdan zevk alan bir kişilik miydim bilmiyorum ama Yasemin'in burnumu kırma ihtimali hoşuma gitmeye başlamıştı...

Parka girdik. Yasemin sanki kasıtlı yapıyormuş gibi burnunu kırdığım banka doğru ilerledi ve oraya oturduk. Benim gözüm sağ tarafta bulunan direkteydi, Yasemin'in burnunu kırmama neden olan böceği arıyordum. Allahtan yoktu...

Aklıma o berbat an geldi birden. Aynı olayın bir kez daha yaşandığını düşünmeye başladım. Vallaha bu sefer kesin Yasemin'in babası kafamı kırardı. Ben bu şekilde düşünüp dururken, aklıma neden burada olduğumuz sorusu takıldı. Yasemin'e dönüp, "*Neden buradayız Yasemin?*" diye sordum. O güzel gözleriyle, gözlerimin içine bakıp, "*Dondurma yiyoruz ya?*" diye cevap verdi. Dondurma yemesine yiyorduk da ben bu cevabı yememiştim açıkçası. "*Doğru söyle Yasemin neden buradayız?*" diye bağırdım Yasemin'e, kızın aklı çıkmıştı. Yerinden kalkıp, "*Ayol delinin zoruna bak, sanki zorla getirdik!*" dedi. O an Yasemin'in gözlerinin içine baktım. Dünya durdu, gökyüzünde uçan kuşlar, gökyüzünde asılı kaldı. Bir tek Yasemin vardı bir de ben. Cesaretimi toplayıp Yasemin'den özür dilemeliydim. Ardından cesareti boş verip, "Özür dilerim Yasemin..." dedim. "*Neden özür diliyorsun ki?*" dedi. Burnunu gösterdim. Elini aman boş ver dermiş gibi salladı, "*Olur böyle şeyler...*" dedi...

Dediğim gibi Yasemin iyi kızdı. Burnunu kırmamın bile sıradan bir şey olduğuna inanıyordu. Ayakta dikilip kalmıştık. Yine bir anlık ani reflekse elim Yasemin'e doğru hareket etmeye başladı. Ama bu sefer burnunu kırmak için değil, elini tutmak için. Yasemin'in elinden sıkıca tuttum. "*Hadi gidelim...*" dedim. Olur der gibi başını salladı. Yavaşça yürümeye başladık parkın çıkışına doğru...

O sırada arkamda vızıldayan böceğin sesini duyuyordum...

Şimdiki Zaman

Şimdiki zaman kimin umurunda? Hepimiz geçmişte anıların içinde yaşayıp geleceğe dair hayaller kuruyoruz. Hep bir şeylere sahip olmanın derdindeyiz. Ama sahip olduğumuz her şey bir gün *hiç* olacak, bunu bir türlü kavrayamıyoruz…

Karmakarışık hayatların içinde geçmişi unutmayıp "hiç" olmayı başarabilenlere…

ADİL PAYLAŞIM

Sen bazen gülersin ve dünya tam ortadan ikiye ayrılır.
Ben terk edilmiş gezegenlere mahcup olurum.
Ve anlamını yitirir bütün intihar mektupları...

Bir milyon kere öptüm dudağından. Bir milyon kere küfrettim. Kulaklarımın içinde patladı bir milyon çalıntı silahtan çıkan kurşun sesi. O sırada elimde zehir gibi acı bir kahve. Ve Tuba girdi içeriye.

– Onu öldürmüşler, dedi.

– Hadi lan oradan, dedim.

Oysa o kimdi, neden öldürmüşlerdi ve Tuba'nın benim evimin salonunda ne işi vardı? Birden çığlıklar atarak hayvanlar gibi ağlamaya başladım. Bir milyon gözyaşı döktüm. Bir milyon kere, "*O ölmüş!*" dedim...

Sonra Tuba'ya baktım. Salonumun ortasında ayakta sessizce duruyordu.

– Saçların böyle çok güzel olmuş, dedim...

Birden gülmeye başladı. Ben de gülmeye başladım. Beş yüz bin kere Tuba güldü. Beş yüz bin kere ben güldüm. Adil bir paylaşımdı, toplamda bir milyon kere güldük. Sonra birden sustu, gözlerimin içine baktı, ben de onun gözlerinin içine baktım. Ama bir milyon kere değil sadece bir kere baktım. Bu kadarı bile hayatımın içine etti...

Ardından irkilerek uyandım. Akşam olmuştu. Salondaki tekli koltukta, elimde Sartre'ın *Bulantı* kitabı uyuyakalmıştım. Ve işte onu o zaman bir milyon kere öpmüştüm. Yerimden doğruldum, banyoya gidip yüzümü yıkadım. Çay koymaya üşendim. Buzdolabından bir şişe sade soda aldım. Balkona çıkıp gökyüzünü izledim. Gökyüzü ışıl ışıl yıldızların işgaline uğramıştı. Teker teker yıldızları saymayı düşündüm. Ama sonra siktir ettim. Zaten gökyüzünde kaç tane yıldız olduğunu biliyordum. Bir milyon tane yıldız vardı. Ve elimdeki soda şişesinin içinde bir milyon baloncuk, benimle dalga geçercesine kahkaha atıp duruyordu...

Kafa göz İstanbul Boğazı'na dalan Panama bandıralı gemi gibiyim şu sıralar. Mevsim haddinden fazla sıkıntılı. Oysa mayıs ayında değiliz. Yorgunum galiba biraz. Yağmur, gökyüzü, gece, gündüz hepsi topyekûn birleşmiş uygun adım üzerime yürüyorlar. Ve sonra başımı çevirip kısık sesle fısıldıyorum: "Söylesene doktor, gökyüzü neden üzerime düşüyor?"

Kaybetmekten şikâyetçi değilim
Bu yüzden mücadele etmiyorum
Avuç içlerimdeki Allah lafzını yüzüme vuruyorum
Beynimin içinde katil bir bebek ağlamaya başlıyor
Karanlık adamların yanında saf tutuyorum
Bin bir türlü kötülük öğreniyorum
Bunca kötülüğe rağmen seni sevmeyi ihmal etmiyorum
Ama sen beni bu kötü halimle de sevmiyorsun
Hoş sen zaten beni iyi halimle de sevmedin ki
Ben yine de içimde biriken bütün kötülüklerin
yanına seni de koyuyorum
Ağlıyorum
Küfrediyorum
Kanım beynimden çekiliyor
Sen beni duymuyorsun...

BAZI KADINLAR ŞEHİRLERE BENZER

"Kimselerin bilmediği şehirlerin sokaklarında yürüyorum.
Attığım her adımda aklım kuş olup uçuyor..."

Ağlarsam gözyaşlarımı sil. Dudaklarımdan öp, hem çok yakın ol bana, hem de çok uzak. Çünkü hüzün bulaşıcıdır. Fazla dokunma bana...

Yeni bir hikâye anlat bana, yeni bir masal anlat, hiçbir şairin yazamayacağı şiirler yaz bana. Hıncahınç kalabalıkların içinde yalnız bırakma beni. Defolup gitme hayatımdan. Dilime vurma paslanmış jilet parçalarını, dilimi kanatıp beni tek başıma lisansız bırakma, bu karışıklığın içinde...

Dualarında yer ver bana, ayetlerle sar!

Allah'a şükredelim. Şükredelim ki; nankörlerden olmayalım...

Düşersem ellerimden tut. Ellerimi sıkı sıkı sar! Sırtımda taşıdığım içi benzin yüklü bidonu kaldır at bir kenara. Kaldır at ki; bir anlığına delirip yakmamayım kendimi...

Dur! Gidemezsin, gitmemelisin...

Sen gidersen eğer, dilime vurmaya çalıştığın paslı jilet parçalarıyla keserim bileklerimi. Bileklerimden akan kanı mürekkep sayarım. Beyaz fayanslara ölümün şiirini yazarım. Belki de bileklerimi kesmem. En adi adamlarla arkadaş olurum. Şarapçılara bütün sırlarımı anlatırım. Gerçi bir şarapçı, kafası ayıkken de sarhoştur. Yani sırlarımı tutamazlar akıllarında...

Gitme...

Bileklerimize devletin polisinden çaldığım kelepçeyi takalım, sonra bir intihar mektubu yazalım seninle. Bütün insanlara küfredelim, bütün sisteme küfredelim...

Sonra çıkalım yüksek bir yere, ama Boğaziçi Köprüsü'ne değil, bizim intiharımızın bir farkı olsun. Fatih Camii'nin minaresine çıkalım, şayet imam izin verirse. Ya da St. Antuan Kilisesi'nin çatısına çıkalım...

Öleceksek beraber ölelim...

Yaşayacaksak beraber yaşayalım...

Gittiğin yer bir şehir olsaydı gelirdim.
Gittiğin yer dünya dışında bir yer olsaydı
Bir yolunu bulur yine gelirdim...
Ama gittiğin yer hayatın içinde bir yer değil.
Aslında ardından gelirim
Gelirim gelmesine de, korkuyorum.
Düşmekten, acı çekmekten, ölmekten değil korkum
Ya senin gittiğin dönüşü olmayan yola çıkar da
o yolda seni unutursam?
Seni unutma ihtimali durduruyor beni bu hayatta.

Tuhaf bir yolda yürüyorum. Ağlamak gelmiyor içimden. Aslına bakarsanız içimden gelen ve geçen hiçbir şey yok. Bir sokağın başında duruyorum. Sokak tabelasında çıkmaz sokak yazıyor...

Aklımın içinde yalpalayıp duruyorum ve gerisingeri kendi aklımın içinde sana çarpıyorum. Aklımda senden ötesinden başka bir şey yok! Ben bile yokum...

Seni nasıl özlediğimi ispatlayacak gücüm yok. Alnımın ortasında kırmızı bir renk, aklımın içi simsiyah...

İstanbul, Paris, Barselona, Milano, Kahire. Aklımın içinden onlarca kentin kalabalığı geçiyor, bir de sen geçiyorsun. Öyle bir geçiş ki bu bütün kalabalık kentler senin önünde eğiliyor. Ve ondan sonra anlamını yitiriyor bütün kara parçaları...

Nasıl bir şey var sende ve sen nasıl bir şeysin anlamıyorum. Birden nasıl yapıyorsun bilmiyorum. Tam kendime çekidüzen vermişken, bütün düzenimi altüst ediyorsun. Ben böyle bir yıkım görmedim ömrümde. Senin bir tebessümün var senden başkasının dudaklarına yakışmıyor...

Boğuluyorum...
Bildiğim her şey teker teker yıkılıyor
Sokağımda sensizlik 7/24 kol geziyor
Güneş siyah bir renkte doğuyor
O çok sevdiğin kuşlar ötmüyor artık bu sokaklarda.
Telefonumu nereye koydum bilmiyorum.

Zaten senden sonra arayan da yok!

Ellerim dirseklerimden kuruyup kopuyor

İskambil kâğıtlarına benziyor gözyaşlarım yüreğime yıkılıyor.

Dışarıda yağmur yağıyor.

Duruyor sonra yine başlıyor yağmaya

Ve ben yere düşen her yağmur tanesinde biraz daha ölüyorum…

NE HALİM VARSA ÖLÜYORUM

Ne halim varsa ölüyorum…

Dillerinde aşk türküsü tutturmuş insanlar yaratıcıya değil çırılçıplak bedenlere taparken.

Kokuşmuş ruhlardan kaçıp lağım çukurlarına sığınırken!

Dilimden küfürbaz sözcükler dökülüyor. Küfrediyorum insanlara, küfrediyorum gerçeklere gözlerini kapatan para kölelerine.

Aklımın içinde aklımı arıyorum. Kendi yüreğimde kendimi kaybetmişken…

Ne halim varsa ölüyorum…

Ciğerlerim sökülüyor, ama ben yine de sigarayla hayata tutunuyorum.

Kalabalıklar içerisinde maskelerle dolaşan insanların yalnızlığına şahit oluyorum. Yanımda hiç kimse yok!

Sırtımı eski bir binanın duvarına dayıyorum. Ben mi yalnızım bu kalabalık şehrin içerisinde yoksa kalabalıklar içerisinde kahkaha atan insanlar mı?

İşte o an bedenimi terk edip kimselerin olmadığı diyarlara gitmek istiyorum.

Yanımda sadece kitaplarım olsun ve bana sadece ruhu ölmemiş ama bedenleri ölmüş yazarlar eşlik etsin istiyorum.

Mesela Kafka...

Ya da Sait Faik.

Biraz da Bukowski'ye anlatmak istiyorum derdimi...

Ne halim varsa ölüyorum...

Kanlı bir ihtilal yapmak istiyorum, sınır çizgileriyle açık hava hapishanesine dönmüş bu yeryüzünde.

Topu topu bir gün insan gibi yaşamak istiyorum. Her gün binlerce kez bu kokuşmuş düzenin içinde acı çekmektense.

Ne halim varsa ölüyorum...

İki ayağımın altında iki tonluk mayınlar patlıyor. Göğüs-kafesimin çukuruna sığınıyor ruhum...

Gözyaşlarım tutunamıyor kirpiklerime. İntihar düşüncesi alnımı yarıp beynimin içine giriyor. Neden bu denli yorgun, neden bu denli intihara saplantılıyım bilmiyorum...

Karanlık bir ormanın içerisinde vatansız bir ağaç gibiyim. Toprak kabul etmiyor köklerimi içine. İçim kanıyor. Ciğerlerim feryat ediyor...

Ne halim varsa ölüyorum…

Küçük bir hikâyeyle başlıyor hayatım. Koskoca okunmayan bir romana dönüşüyor…

24 inçlik kaburga kemiklerimin arasında arsız bir palyaço kemiklerimi kırarcasına kahkaha atıyor. Ne halim varsa kan kusuyorum…

Susuyorum…

Ben sevdiğim insana kendimi hiçbir zaman sevdiremedim. Aslında doğrusunu söylemek gerekirse ben hiç kimseyi sevmek istemedim ki... Bazen böyle olur, hiç kimseyi sevmek istemezsin. Hatta mutlu olmak bile istemezsin, ama hayat istemediğin şeyleri önüne bırakır kaçar. Kalabalıklardan uzaklaşıp bir köşede hayvanlar gibi ağlamak istersin, ama hayvanlar nasıl ağlar ki? Bazen dengen bozulur işte, ne yapacağını şaşırırsın! Ne kadar güçlü olursan ol, dengeni kaybedip dibe vurduğun an istediğini yapamazsın. Hayat ağlamana bile izin vermez...

DİBE VURMAK VE DENGESİZLİK HALİ

Ben hayatım boyunca sadece bir kadına âşık oldum. Ona da neden âşık olduğumu bilmiyorum. Çok güzel gülüyordu, belki de sırf böyle güzel güldüğü için âşık olmuşumdur. Ama o kadın elimden hiç tutmadı benim. Ve ben ondan sonra hiçbir kadını sevemedim. Çünkü ne zaman bir kadını sevmek istesem, o hep karşımdaydı. İzin vermedi hiçbir zaman başkalarını sevmeme, ama kendisi de sevmedi beni. Ne zaman bir kadın ellerimi sıkıca tutsa zorla ellerimi çekip aldım. Bir kadın neden bu kadar çok sevilir ki, bir erkek bir kadında ne görür de böyle tükenircesine âşık olur? Sorularımın cevabını bilmiyorum. Kendime dair bilmediğim şeyler çoğaldıkça dengem bozuluyor. Herkeste olur böyle şeyler, çözemediği bir sebepten dolayı dengesi bozulur insanın. Bazı insanlar dengede durmayı iyi biliyor. Dengelerini kaybetseler de kısa sürede toplayabiliyorlar kendilerini. Ben o insanlardan biri değilim. Dengem bir kere altüst oldu. Ve ben bu hayatı salıverdim. Nereye kadar giderim bu şekilde, kestiremiyorum. Ama kafama pek fazla takmıyorum. Çünkü hayatın sahte oyunların sergilendiği bir tiyatro sahnesi olduğunu biliyorum...

Diğer insanlar birbirlerinin üzerine basarak rol kapmaya çalışıyor. Bense bu tekrarlanan kısırdöngüyü uzak ve karanlık bir köşeden izliyorum. Bu sistemin bana sunduğu rolü reddediyorum. Ve bu yüzden bana *Dibe Vuran* diyorlar, çünkü başkalarının yönettiği sahte bir oyunun içinde kazanmaktansa, sahici bir hayat hikâyesinin içinde dibe vurmak iyidir…

"Dibe vurmak, özgüven gerektirir. Ama en kötüsü de ne biliyor musun? Dibe vuramamak ve yukarıya çıkamamak. Ortalarda dolanır durursun. İşte bu dünyanın cehennemidir…"

Belki bir gün canın sıkılır beni sevmeye karar verirsin.
Kim bilir belki de o gün emekliye ve asgari ücretliye
yüzde yüz zam yapılır, Türkiye dünya şampiyonu olur...

BÖYLE DE GÜZELİM BEN

Derinlik sarhoşluğundan mustarip, yörüngesinden çıkmış iki ayrı gezegen gibiyiz seninle. Uzay boşluğunda yol alıyoruz yaratılışın ilk gününden beri...

Yaylım ateşi açıyorsun üzerime, bütün silahlı kuvvetlerinle işgal ediyorsun beni. Şehveti tenimin her bir zerresinde hissediyorum. Tabiatın neden bu kadar kanla kaplı? İçim seninle bu kadar içlidışlıyken...

Jüpiter'in izi var dudaklarımda, aldatılmışlığın son dakikasındayım.

Hiçbir mevsime, hiçbir yıldıza geçmiyor sözüm...

58 model bir arabayla yol alıyoruz bu hayatta, taşra cinayetleri ile süslenmiş kasabaları geçiyoruz seninle. Kentlerden kaçıyoruz, biz kaçtıkça kentler bize yakınlaşıyor. Melek ve şeytanın nihai savaşında düşman oluyoruz birbirimize, isteksiz arzulardan arınıp kanla yoğruluyoruz, içimde kalmıyorsun...

Bin dokuz yüz seksen sekiz kere sana küfrediyorum, küfürlerimle tatmin oluyorsun. Mütevazılığı bırakıyorum, kibrin karşı konulamaz cilvesi bütün beyin loblarımı kuşatıyor.

– Şeytanla işbirliği yaptım! İçine giren karşı koyamayacağın bir günahım ben…

Beynimin içinde kesik kesik sesler…

Tarih kitaplarının yazmadığı savaşların içinde mücadele ediyorum seninle…

Tut ellerimden

Ya da tutma ellerimden

Aman boş ver! Siktir et gitsin!

Seninle ya da sensiz, böyle de güzelim ben…

1. Müslüm Gürses çalıyordu sokaklarda! Ve biz ne güzel çocuklardık...

En iyisi mi inadı bırak, çık gel seninle cehennemin sınırlarında dönüşü olmayan bir geziye çıkalım...

Saçma sapan şiirler yazalım.

Rengi mor ve pembeye çalan boktan bir şarap içelim. Sonra biraz Bukowski okuyalım. Üzerine de Müslüm Gürses dinleyelim. Sonra yine buluruz yapacak bir şeyler...

Belki de bombalı bir eylem düzenleriz seninle. Mesela yüreklerimizin merkezine inip ikimizin dışında kalan herkesi acımasızca katledebiliriz. Sonra iki rekât namaz kılar ve gözlerimizin içine bakıp, cennete tekyönlü bilet alırız...

(Ama biz bahtsız iki âşığız, cennete giden treni bile rayından çıkarırız.)

Neyse, ellerimizi açıp dua edelim...

Not: *Melekler dua mafyasıdır...*

SARIL BANA KÖPEKLER GİBİ AĞLAYALIM

Sana ne yalan söyleyeyim? Ya da yok en iyisi ben sana gerçekleri söyleyeyim. Senden sonra öyle hıçkırarak ağlamadım. Bitmek bilmeyen depresyonların içinde seni düşünmedim. Seni sevdim, belki de köpekler gibi sevdim. Ya da ne bileyim insan nasıl severse öyle sevdim. Zaten bu aşk ve köpeklik ilişkisini anlamadım ben hiçbir zaman. Bir insan neden köpekler gibi sever ya da neden köpekler gibi ağlar ki? Ben zaten bir köpeğin nasıl sevdiğini ya da nasıl ağladığını bilmem. Hem ben zaten ağlayan bir köpek görmedim ki hiçbir zaman. Bir tane köpeğim vardı küçükken, türünü bilmiyorum. Köpekti işte! Ama insanlardan daha yakındı bana, babam tutup onu bir gün başkasına verdi. Ben ağladım o zaman, hem de çok ağladım. Ama köpeğim ağlamadı. Ve ben o günden sonra bir daha o günkü gibi ağlamadım. Çünkü babam o gün bana ağlıyorum diye çok kızdı, "Erkekler ağlamaz!" dedi. Bense babama verdiğim sözü tutabilmek için babam öldüğünde bile ağlamadım...

Tabii ki kahroldum, üzüldüm, küfrederek ağlamak istedim ama tek bir damla gözyaşı dökemedim...

Ağlayamamak kötüdür, bence en ufak bir fırsatını bulunca insan hemen ağlamalı…

Hepimizin gözyaşında bir şeyler saklı. Benim gözyaşlarımda neyin saklı olduğunu hiçbir zaman öğrenemedim ben…

Ağla!

Hıçkırarak ağla, küfrederek ağla, nefesin kesilene kadar ağla, köpekler gibi ağla…

Ağla!

Çünkü ağlamak ruhu iyileştirir…

BÖYLE BUYURDU İNSAN!

"Kendilerini mahvederek yaşamayı bilenleri severim ben, çünkü onlardır öteye giden..."

– Nietzsche

1.

Gece...

Gündüzün hâkimiyetini yitirdiği ve günahın ve duanın ve ölümle sarmalanmış hayatın başladığı vakit. Katillerin sırdaşı, hırsızların ekmek kapısı, yetim bir çocuğun Allah'a ölümüne hasretliği...

Tanım:

Günahın yardakçısı, duanın en uygun zamanı...

2.

Yalnızlık...

Kalabalık caddeler, kalabalık evler, gürültülü dostlar. Onlarca arayan, onlarca halini hatırını soran, ama yine de delicesine bir yalnızlık! Ve yalnızlık, altmış yaşında emekli bir öğretmenin can sıkıntısı. Nöbet kulübesinde gözüne uyku çöken bir askerin uykusuzluğu. Devrim diye çıktığı yolda kavram kargaşasına düşen bir gerillanın aklını kurcalayan soruları...

Ve yalnızlık, bütün insanların en büyük ortak noktası...

Tanım:

Kalabalıklar içerisinde tek başınalık...

3.

Özlem...

Pencereden düşen gün ışığı ve kaybedilen insanların anıları...

Geçmişe dönmek isteyenlerin silahı, hem yârden hem serden geçemeyenlerin mezarlığı. Boktan bir içdünya meselesi, nerede ve ne zaman insanı içten vuracağı bilinmeyen cevapsız ama etkili bir intihar aracı...

Ve özlem!

Otobüste, evde, bakkalda, sinemada, bir nefeslik sigara dumanında, bir yudumluk kahve fincanının dibinde, bir sarhoşun kafasında kurduğu dünyanın merkezinde, kısacası hayatın her anında...

Tanım:

Fırtınalı sessizlik...

4.

Şehvet...

İnsanı kendine köle eden, gözleri körleştiren ve insanla hayvanın ortak noktası...

Yeri geldiğinde, güçlü iradeli bir insanı bile güçsüzleştiren...

Yeri geldiğinde, en sevdiğine bile ihanet ettiren...

Yeri geldiğinde, insanın en büyük sorunu...

Tanım:

Hayvanlaşan insan...

5.

Aşk...

Saçmalıklar zincirinin ilk halkası. Bazen hataların en büyüğü, bazen de başa gelinesi en güzel şey...

Delilik cesareti ve en sonunda başa gelen kaçınılmaz esaret. Baygınlık öncesi bir ruh hali, ayıldıktan sonraki pişmanlıklar...

Bazen karşı cinse...

Bazen soyut bir ruha...

Ve en zoru bazen de aşkların en güzeli yaratıcıya...

Âşık Veysel gibi: "*Kavuşamazsın, aşk olur.*" Kimi zaman kavuşamamak, kimi zaman da kolay elde edilip kaybetmek. Bir cennetlik meselesi, bir yaratılış tohumu...

Tanım:

Mutluluk ve mutsuzluk...

6.

Yaşam...

Hayaller peşinde ısrarla koşmak, en sonunda kazanmak ya da kaybetmek...

Yaşanılan kavgaların anlamsızlığını görüp gökyüzünü içinde hissetmek. Beynin içerisinde bir ütopyayı besleyip dünyanın daha güzel bir yer olacağına inanmak...

Bir çocuğun eline ilk oyuncak aldığı an, gözlerinde yaşamın kaynağını görmek...

Zorlu, sevinçli, hastalıklı bir yolculuk...

Tanım:

İnsanın kendisiyle hesaplaşma sahnesi...

7.

Ölüm...

Fazla söze ne hacet! Kaçınılmaz son...

Tanım:

Olmazsa bu dünyayı yaşanılmaz kılan...

Ben hep arka sırada kaybedenlerin ve hayata tutunamayanların safındaydım. Maveraünnehir'in nereye döküldüğü umurumda bile değildi.

Ben sadece saçlarının dalgalandığı coğrafyayı herkesten iyi bilirdim...

Şimdi Maveraünnehir'in nereye döküldüğünü biliyorum. Saçlarına dökülüyor. Ama bu sefer de yüreğimin nereye döküldüğünü bilmiyorum...

SENTETİK TİNER, İSTAVRİT VE BİR ŞEHRAZAT MASALI

En çok da sentetik tiner içerken aklıma geliyorsun. Sonra ben bir sigara yakıyorum. Sigara kesmiyor beni…

Bileklerime paslı bir jilet vuruyorum kesilen yerden ne kan sızıyor ne de tetanos olabiliyorum…

Ben bir şeyhe biat ediyorum, o şeyh de düzenbaz çıkıyor. Ama biliyorum fiyakalı şeyhler de var bu kentte, onlar da beni kabul etmiyor…

Mağlup, öfkeli, küfürbaz bir hattat kisvesine bürünüyorum. Ama ben hat sanatından bir halt anlamıyorum…

Bir darbe günlüğü yazıyorum bu devleti yerinden indirmek için. O günlükten yol bulup sana geliyorum. Ne devlet ipimde oluyor ne de darbe, en büyük ideolojim seni sevmek olarak kalıyor…

Ondan sonra durup gökyüzüne bakıyorum ve o an en büyük yalanın devrim ve en boş sloganın özgürlük olduğunu anlıyorum…

Binbir gece masallarına gidiyorum ara sıra, aklım kasatura ordusuyla kuşatılmışken. Hani sen beni göğüskafesinin sol tarafından kovmuşken. Binbir gece masallarında Şehrazat'ı arıyorum. Şehrazat beni kendi masalının içine buyur ediyor. Ben anlatıyorum Şehrazat dinliyor. Sonra bir sigara uzatıyorum reddetmiyor. Ben elimdeki sentetik tineri kafama dikiyorum. Beynimin içinde tinerci bir devrimci diriliyor. Sonra masal bitiyor ve ondan sonra nasıl oluyor, tiner kafası mı bilmiyorum, Marmara Denizi'nde sürüden ayrı düşen bir istavrit gibi, bir balıkçı ağına takılıyorum. Leş gibi bir balıkçı teknesine düşüyorum. Sarı çizmelerin arasında hayata tutunmaya çalışıyorum...

Sonra organ nakline ihtiyaç duyan pasaklı bir kurbağaya dönüşüyorum. Ne boktan bir masal ki bu, Şehrazat'ın dudakları bile bedenimi ruhuma geri vermiyor...

İnfilak eden nükleer bomba gibi saçma sapan bir masalın içinde can çekişiyorum...

Yeniden dünyaya gelsem sana siktir çekerim...

Ağlıyorum...

Kanıyorum...

Can çekişiyorum...

Bir istavrit oluyorum, bir de kurbağa. Cehennem Caz Orkestrası'nın avuçlarında, kanım bedenimden çekiliyor. Ondan sonra, ne Şehrazat kurtarabiliyor beni, ne de sentetik tiner...

"Bundan sonra senin adın Şehrazat olsun sevgilim... Ya da salla gitsin Şehrazat'ı, hem masalın bir aşkı kurtardığı nerede görülmüş?"

HİÇBİR ŞEY HAKKINDA HER ŞEY

Her insanın hikâyesi doğduğu gün başlar. Bazılarının hikâyesi ise doğduğu zaman değil ilerleyen yıllarda başlarına gelen olaylar sayesinde gerçek bir başlangıç yapar. Ve bazılarımız başımıza gelen olaylar yüzünden gerçekliğini sorgulamaya başlar…

"Gerçek" nedir? Hangimiz bu hayatın sahteciliğinden sıyrılıp gerçeklerin peşinden koşuyoruz? Yaşadığımız hayat o kadar sahte ve o kadar berbat ki, hiçbir sanatçı ortaya çıkardığı muazzam eserlerin içinde bunu anlatmayı beceremez. Sadece dibe vurmuş insanlar gerçeği herkesten iyi bilir. Çünkü asıl gerçek, pisliğin ve düzensizliğin içindedir…

Pisliği ve düzensizliği hayat felsefesi edinen insanlardan zarar gelmez. En azından diğer insanlar gibi yüzlerine maske takmazlar. Hayatlarına ve kişiliklerine dair her şey, çok açık ve çok nettir. Bu yüzdendir bu tür insanlar yaşadıkları süre boyunca diğer insanlara bir şeyler anlatma derdi içerisinde olmazlar. Çok az uyurlar ve çok az yaşarlar…

Dünya onların ilgi odağında değildir, para onlar için önemsizdir. Bazı insanların hayatlarının merkezlerine koydukları o yozlaşmış ve insanın ruhunu çürüten siyaset ve politikacılar onlar için hiçbir anlam ifade etmez…

Dünyadaki insanlarla tek ortak noktaları aşktır. Diğer insanlar gibi âşık olurlar, bazen de bir beden gerekmez âşık olmaları için, soyut bir sevgili yaratırlar beyinlerinin içerisinde. Ona âşık olurlar. Hem de ne aşk, geberene kadar, köpekler gibi, aşkın eşiklerinde sürünmeyi göze alacak kadar...

Ama yaşadıkları süre boyunca bir şeyi akıllarından çıkarmazlar...

"Hiç olmak! Var olup piyon olmaktan iyidir."

Bu yüzdendir varlığın içinde hiçliği aramaktadırlar. Hiç olmak yaşamaktır. Hiç olmak hayatı anlamaktır. Hiç olmak sorgulamaktır. Hiç olmak gerçeği bulup, gerçekten var olmak demektir...

"Varlık ve hiçlik arasında bir yoldayım. İşte orada bekliyorum seni."

Artık çabalamaya gerek yok. Her şey yarım kaldı. Kitaplar, şarkılar, filmler, şiirler. Şimdi sadece tek istediğim gittiğim yerde rahat bırak beni. Arayıp sormasan da olur. Bir de sakın anneme tek gözlü bir korsan olduğumu söyleme. O benim Panama bandıralı gemide kaptan olduğumu zannediyor...

ÖTEKİLEŞMEK

"Gözlerinizi kapattığınız zaman dünya yok olmuyor değil mi?"

– Memento

İçimde bir boşluk var. Ne yana dönsem suratıma çarpıyor kaldırımlar. Ne yana baksam bir tutarsızlık var. Hıncahınç dolu belediye otobüslerine benziyor içinde yaşadığım hayat. Bir çeşit yalnızlık galiba bu kalabalıklar, bir çeşit kayboluş...

Her insan ölümcül bir hastalık aslında, dünyayı kirleten, dünyanın içine işlemiş birer hastalık gibiyiz. Tüketim toplumuyuz, gökyüzünü tüketen, yağmurları tüketen, insanları tüketen, aşkı tüketen...

Birbirimize tahammül edemiyoruz. Amerikalı bir beyaz, Afrikalı bir zenciye tahammül edemiyor. Zengin burjuvalar işçi sınıfına tahammül edemiyor. Bir insan, bir insana neden tahammül edemez ki? Sanırım bu sorunun cevabını ben de bilmiyorum. Sırf bu kadar tahammülsüz olduğumuz için bir yerde insanlar ölmek zorunda. Oysa hayat paylaşınca güzeldir, bunu da bir televizyon reklamından öğrendim. Paylaşmayı bilmiyoruz! Ekmeği, suyu, yeryüzünü ve en önemlisi de özgürlüğü paylaşamıyoruz diğer insanlarla. Haddinden fazla benciliz, bu bencillik yakışmıyor bize. Oysa özgürlük paylaşılınca güzeldir...

Kitap okumayı bilmiyoruz, tıpkı sevişmeyi bilmediğimiz gibi. Eğer kitap okumayı bilseydik, dünyada bu kadar kötülük olmazdı. Kendi ellerimizle kötülükler yaratıyoruz. Sonra o ellerle onlarca kitap yazıyoruz. Bir şeyler anlattığımızı sanıyoruz, neyi ne kadar anladığımızı bilmeden...

Aşkı filmlerde yaşıyoruz. Aşkı başkalarının anlattığı aşk hikâyelerinde anlarız sanıyoruz. Oysa aşk filmlerden öğrenilmez. Gerçek aşk filmlerde yaşanmaz. Hani o salya sümük ağladığınız filmler var ya! İşte o filmler birer yalandan, kurgudan ibaret. "*Gerçek hayatlardan esinlenmiştir.*" Bunu gördüğünüz filmden mutlaka uzak durun. Bir film size gerçeği vaat ediyorsa, o film baştan aşağı yalandır. Yalan filmleri izleyip, yalan hayatlara, "*Vay be ne insanlar varmış!*" diyoruz. Ama o sırada kendi insanlığımızı kaybediyoruz, farkına varmak ne kelime! Bu korkunç ihtimal aklımıza bile gelmiyor...

Hep geçmişte yaşıyoruz. Birey olarak değil, toplum olarak geçmişte yaşıyoruz. Okullarda tarih dersleri öğretiliyor çocuklara, bilmem kim ne zaman hangi savaşta galip gelmiş. Yani ilk olarak öldürmenin gururlu ve şerefli bir şey olduğunu öğreniyoruz. Daha küçük yaşta savaştan gurur duyan birer şuursuz birey olarak hayata kök salmaya başlıyoruz. Bu yüzden savaştan kandan besleniyoruz aslında. Hani bir söz vardır ya: "*Geçmişini bilmeyen geleceğini inşa edemez.*" Ya da her ne boksa! Bu sözü eğitim sistemi ısıtıp önümüze koyuyor. Birçok devlet bu söz üzerinden ülkeleri yönetiyor. Hep geçmişe dönüp duruyoruz. Onu da doğru dürüst anlayamıyoruz. Biz geçmiş zamanda *"bu yalan, bu gerçek"* diye tartışıp dururken. Aynı ülke sınırları içerisinde, birileri haksızlığa uğruyor, birileri saçma sapan sebeplerden ölüyor, ama biz hâlâ geçmişi tartışıyoruz. Şimdiki zamanda yaşanılanlara gözlerimizi sımsıkı kapatarak...

"Dünya tek bir ülkedir aslında. Bu yüzden sınır çizgileriyle parçalara ayrılmış hiçbir kara parçası benim vatanım değil."

Düşünsenize, yaşadığımız dünyada sınırların ve duvarların olmadığını. Sınır çizgileri olmazdı. Bir karış toprak parçası yüzünden birtakım insanlar tarafından diğer insanlar sefalet çekmezdi. Gazze duvarı diye bir duvar olmaz, Gazze'de çocuklar ölmezdi. Devletler olmazdı, çünkü tek bir devlet olurdu. Savaşlar olmazdı, düşmanlık olmazdı. Mayınlarla ve dikenli tellerle çevrilen sınırların içerisine hapsedilmiş olmazdık...

Yeryüzü parçalara bölünmüş

Gökyüzü parçalara bölünmüş

Denizler parçalara bölünmüş...

Ötekileştirilmek budur işte!

2. *Mezar taşına şiirini yaz ve bileklerini kes!*

Aklımda trenlerin geçmediği raylar var.

Pür dikkat içimi dinliyorum.

Tren sesi yok içimde.

Sen de yoksun!

Delidolu siren sesleri yankılanıyor bütün hücrelerimde.

Ne kadar inkâr etsem de, rüyalarımda kırmızı dudaklarından öpüyorum.

Hıncahınç yalnızlık dolu içim.

Kırgınım ve kimsesizim.

Bileklerimi kesmeye korkuyorum.

Ama bilsem bileklerimi kesince aklıma topyekûn hücum edip bütün sistemimi ele geçireceksin, hiç tereddüt etmeden keserdim. Bulanık mavi renk kan akardı damarlarımdan ve koşa koşa sen aklıma gelirdin…

Sonrası umurumda olmaz…

DÜN GECE KUTSAL MEZARLARDAN KUTSAL KAFATASLARI ÇALDIM SENİN İÇİN. ÖNCE TEK TEK BÜTÜN KAFATASLARININ DUDAKLARINDAN, SONRA DA SENİN DUDAKLARINDAN ÖPE-

CEKTİM. ARDINDAN SİGARAMI SONUNA KADAR İÇİME ÇEKİP, AYNANIN KARŞISINDA PASLANMIŞ BİR NEŞTERLE GÖZLERİMİ DEŞECEKTİM...

Bütün alacaklılar kapıya dayandı
Ben yine de seni köpekler gibi seviyorum sevgilim.
Aşk zaten bir alacak verecek meselesi değil midir?
Kimisi yüreğini alır verir
Kimisi vücudunun başka yerlerini.
Ama konumuz biyoloji değil,
aslında bakarsak konumuz
hiçbir şey değil.
Aşk elmaşekeri gibiymiş,
8 yaşında küçük bir çocuktan duydum bunu.
Senden bana kalan elmaşekerinin sapı,
ondan da ancak berbat şiirler oluyor işte...

KÂİNAT YALNIZLIĞI VE İÇİMDEKİ BEN

"Bu hayatta henüz dibe vurmamış insanın ruhu tamamlanmamıştır..."

Bence sen gerçek yalnızlığın ne olduğunu bilmiyorsun, tıpkı gerçek aşkın ne olduğunu bilmediğin gibi. Dibe vurdum diyerek ortalarda dolanıyorsun, ama sen harbiden bir boka yaramaz herifin tekisin. Neden mi? Bir insan dibe vurduğunu nasıl anlar, dibe vurmanın belirtileri nedir? Sen bunları biliyor musun? Tabii ki bilmiyorsun. Dibe vurmak öksürük gibi mi sence, ya da grip olmak gibi mi? Sus bana sakın cevap verme, daha bitirmedim söyleyeceklerimi. Dibe vurmak bir hastalıktır, hem de berbat bir hastalık. Kanser gibidir, anlayamazsın. Sadece biraz tuhaf hissedersin kendini ama anlayamazsın. Anladığın zaman ise her şey için çok geç olmuştur. O saatten sonra bir bok yapamazsın. Yapsan da tutmaz. Batmaya başlarsın. Öyle hızlı batarsın ki elinde hiçbir şey kalmaz. İşin sövülecek tarafı da elinde bir şeylerin kalmaması değil, elinden tutacak kimsenin olmamasıdır. Hani senin o dostum dediğin iki paralık şerefsizler var ya onların seni merak etmemesidir dibe vurmak. Ama beni anlıyorsun biliyorum. Anlıyorsun ama bir şey yapmayacaksın, yine kafa sallayıp şu anda içinde benimle konuştuğun gibi konuşmaya devam edeceksin.

Sürekli, sürekli, sürekli…

Hatta beni susturmaya çalışacaksın ama başaramayacaksın. Çünkü programlanmış ve zincirlere vurulmuş bir robot gibisin. Kendini yönetemiyorsun, beyninin içindekilere hâkim olamıyorsun. Bir gün bir yerde aptalca ölüp gideceksin… Ah hayır beni hiç tınlamıyorsun değil mi? Hadi durma bir sigara yak, çek içine seni öldüren mereti. Her zaman bunu yapıyorsun ne zaman seninle konuşsam. Bir süre sonra sigara yakıp bana siktir çekiyorsun. Ben sadece seni uyarıyorum. Çünkü sen batarsan ben de batarım. Aynı bedenin içinde hapsoldum seninle, lütfen beni dinle ve toparla kendini…

Cevap vermek yerine susmayı tercih ettim. Hem bir insan kendine nasıl cevap verebilir ki? Hayatın neresinden tutarsam tutayım elimde kalıyor tedavülden kalkmış parçalar. Ne aklıma mukayyet olabiliyorum ne de akılsızlığıma. Öfkeli ve delidolu bir kâinat yalnızlığında, tükenip gidiyoruz…

HİÇ OLMAK PİÇ OLMAMAKTIR

"Bilinçaltında yer edinmeyi başardıysam,
bil ki bu savaşı ben kazandım..."

Tek kişilik hücremde seni düşünüyorum. Seni düşündükçe göğüskafesime, yeleleri demirden bir atın çiftesi çarpıyor. Ağır travma geçiren bir deli gibi, kafamı beton duvarlara vuruyorum. Kafatasım bir türlü parçalanmıyor. Ellerim sızlıyor, tırnaklarım sızlıyor, en çok da gözkapaklarım sızlıyor. Parçalanırcasına...

Ben senin dudaklarını, yarılmış dudaklarımla öpüyorum...

Öpüyorum, öpüyorum, öpüyorum...

Sen bunun bir türlü farkına varmıyorsun...

Önümde simsiyah bir karanlık uzanıyor. Aydınlığa dair hiçbir şey yok burada. İstiyorum ki, arada sırada uğra yanıma. Bana dışarıyı anlat! Gökyüzünü anlat, yağmurları anlat, yaşamı anlat, bana kendini anlat...

İçime soktuğun bu Hanbeli yalnızlığını sök çıkar. Acımı azaltma, sadece gereksiz yere kılcal damarlarımı sızlatma...

Saçlarının kokusunu içime çektim.
Saçlarında cüce bir prensesle seviştim dün gece.
Saçlarında ihanet ettim ben sana.
Kulaklarımın uçlarını kopardım, paslanmış bir penseyle.
Gecenin bir yarısı şiire çaldı gökyüzünün rengi,
kesilen yerlerim kanamadı.
Sen düşlerimin üzerine yüklendikçe
İçimde peydahlandı uyruğu belirsiz yalnızlıklar.
Ölmek yasaktı bana, yaşamak sonu gelmeyen bir lanet!
Kırmızı rujla boyanmış kurşunlar bir türlü
ağzımın içinde patlamadı
Kan kusamadım dün gece…

Bu nasıl bir kaçıştır kendimden, iltica etmeye çalışmak gibi üçüncü dünya ülkelerine. Bu nasıl bir yalnızlıktır, elimi sürdüğüm her yer yörüngesinden çıkıyor. Depremler bile sanki benim yüzümden. Sağ dizimde bir mayın parçası, aksayan bir hayat! Toprağa kaç şehit düştüyse bu memlekette, bilin ki; hepsi bir insan yüzünden…

Aklıma doluşan saçma sapan cümle yığınları, aklımda dolanan ağır silahlı sorular. Şimdi hangi hastanenin penceresinden hayata baksam, yaşama tutunma isteğim kayboluyor. Çünkü ben ne zaman bir hastanenin penceresinden baksam, yan yatakta yatan hasta ölüyor…

Ben Ö-L-E-M-İ-Y-O-R-U-M!!!

Bir akasya ağacı filizleniyor şahdamarımdan, binlerce hayvan doluşuyor dallarımın arasına. Binlerce hayvan ölüyor, binlerce hayvan doğuyor. Hepsinin doğum sancısı içimi delip geçiyor. Sonra bir gece vakti ansızın telaşlı bir yangın çıkıyor damarlarımda, dallarım tutuşuyor. Bir sis çöküyor gecenin üzerine, tabiat aklımı kesip çıkarıyor bedenimden. Bir şiire musallat olan karabasan gibi sayfalara dönüşüyorum sonra. Üzerimde derin yaralar açan parmak uçları ve keskin hançerlere benzeyen kalemler. Herkes bir şeyler yazıyor. Bazısı buruşturup atıyor beni. Sonra tam sancılarım başlarken, bir şair çıkartıp alıyor beni ellerine. Bir cümle karalıyor boydan boya bütün bedenime:

"*Her şeye uzanan yol, hiçlikten geçer.*"

Bu cümle çekip çıkarıyor beni sonsuz gözüken karanlıktan. Bu cümle topluyor beni parçalanmış yarıklarımdan. Bir martı sürüsü doluşuyor içime, işte o an içim dışarıya çıkıyor. Dışarısı içime doluşuyor…

Galiba bu sefer ölüyorum…

ÇOCUK ŞARKILARI VE SERSEM RUHLAR

Bravo çok güzel nefret ettirdin beni kendinden
Tüm insanlara hatta Freud'a bile küstüm senin yüzünden.
Aşkın sanayileştiği seri üretime geçtiği bir ülkede yaşıyorum sayende
Yani ben
Beş parasız âşık olunmayı bekleyen adam
Nefret ediliyorum bütün kara parçalarında.
Bu yüzden part-time aşkların koynunda yer bulabiliyorum kendime
Tadı tuzu yok!
Realite şovlarda çok güzel rol kesiyor insanlar
Hey Azrail sek bir ölüm doldur yalanlardan paslanmış demir sürahime.
Hangi insanın yaşamı trajikomik değildir ki?
Bilmiyorum kim kimden daha güzel bu yeryüzünde.
Çekici rujlu kadınlar, fiyakalı erkekler
Veren verene
Kimin eli kimin yüreğinde belli değil!

Parasını veren çok güzel sevilebiliyor

Aşktan emekli olanlar hariç!

Sen yine de ölürken gözlerine rimellerini sürmeyi unutma

Belki de benden başka seni özleyen birileri daha vardır gittiğin yerde.

Yine de cinayet inayeti doğurabilir, yalanlardan sıkılıp gerçekleri aramaya başlarsa kavimler.

Bu şiiri yazarken karnım açıktı. Sonra mutfağa gidip annemin yeni yaptığı dumanı hâlâ üzerinde tüten sebzeli poğaçalarından yedim. Aklıma tam sen gelecektin ki ikindi ezanı okundu, ben de abdest alıp kıyama durdum ve secdede sebzeli poğaçalar için Rabb'ime teşekkür ettim. Böyle güzel poğaça yapan bir kadını bana anne olarak bahşettiği için...

Ruhum ölü!

Canım haddinden fazla sıkıntılı

Balkona çıkıp falçatayla serçeparmağımı kestim

Tabirane bir stille Van Gogh'a selam çaktım!

Dünyada yaşanılanlar oturdu içime

İşte o an elimde bir silah olsaydı kesin kafama sıkardım

Belki de ben kafama sıkınca buzullar erimez kutup ayılarının nesli tükenmezdi

Ne bileyim petrol yüzünden savaşlar çıkmaz

Batı yakasında insanların yaşaması için

Doğu yakasında çocuklar ölmezdi...

Önce, "Çocuksun anlamazsın!" dediler. Sonra gün geldi

büyüdük artık her şeyi anlayabileceğimizi sanıyorduk ama bu sefer de, "*Siz bir şey bilmiyorsunuz, her şey göründüğü gibi değil!*" dediler. Oysa bilmeyecek ne vardı, dünya denilen bir gezegenin içinde yaşıyorduk ve bu yeryüzünün bazı kesimlerinde çocuklar henüz beş yaşındayken ölüyordu...

İyi halden son celsede yırttım aşktan

İlkokul sıralarında kareli matematik defterim kadar nefret ediyorum senden

Mamafih!

Ağır şiir sıtması nöbetleri geçiriyorum tavanı is tutmuş çocukluğumda

Çocukluğum ki, çürümüş mukavva kâğıtları kadar yaralı.

Şimdi sayfaları piç ettiğim hiçbir kelime eskiden olduğu kadar fiyakalı değil...

Deplasmanda fark yiyen denklemsiz artist bir devrik general gibiyim.

Afrika'da en çok gergedanları özlüyorum ve fillerle hiç anlaşamıyorum.

Elimdeki paslı kerpetenle otuz iki dişimi vahşice sökmek istiyorum

Ama kerpeteni tutan ellerim yorgun

Gözlerimde C4 yüklü seyyar kütüphane

Ortadoğu'da bütün çocuklar terörist zaten

Batıda dünyayı güzelleştirmek için çocuklarla savaşıyor silah imalatçıları!

Bunca patlayan bombaya rağmen "sevmek" her şeyden güzel!

Güzel ama "sevmek" en sıkıntılı mesele bu yeryüzünde

Yine de sen bana sek bir intihar ısmarla!

Senden sonra hiçbir ölüm, bugünkü kadar yakışmasın bana...

Ben bu şiiri Pollyanna'ya yazdım sakın üzerine alınma!

Aslı astarı olmayan yalanların kulakları işgal ettiği

Gürültü odaları.

En sert kayalardan seken kurşun

Beyazı siyaha çalan bir düşünce yığını!

Konuştuğu zaman hiç susmayan bir papağanın

Aptal düşleri mi bu?

Fısıltıyla şehri kaosa sürükleyen bir kralın amaçsız fermanı mı?

Nedir şimdi gökyüzünü bu kadar çekilmez kılan?

Anlatamaz

Ve de anlayamaz hiçbir ölümlü

Şeytanın baş suikastçısı dokuz milimetrelik bir kurşunu

Kimin alnına saplayacak!

Devrik bir bakkalın

Miadını doldurmuş şekerleri
Ve şekeri seven aptal çocuklar!
Aslında hedefimde sen varsın sahtekâr prenses
Ve hedefimde sen varsın masalda ismi geçmeyen sekizinci cüce!
Ama ben kimseyi boktan bir sebep yüzünden katledemem
Çünkü ben bir maktulüm
Ofsayta düşen tüm cesetlerden daha ceset!
Huzurum kaçtı öfkemi salıverin…

Sen geliyorsun, oturup hiçbir şiir türüne uymayan saçma sapan şiirler yazıyoruz seninle. Sonra ben sana Freud diyorum. Sen bana Nietzsche diyorsun. Hararetli bir tartışmaya kafa göz girişiyoruz Allah ne verdiyse. Ardından deliler gibi kahkaha atmaya başlıyoruz ve ben çay demliyorum çay içiyoruz.

Hayal ya işte...

CANIMIN HİÇ'İ

Fiyakalı yalnızlığımsın…

Seni unuttum diyorum, oysa ben kendime bu yalanı defalarca tekrarlarken sen aklımı eze eze yüreğime doğru uzanan o karanlık, dar, o eskimiş yolu adımlıyorsun…

Ben "*Seni unuttum!*" diyorum. Gel gör ki unuttum demenin bile seni sevmenin diğer lisanı olduğunu biliyorum. Ne yaparsam yapayım aklımdan çıkmıyorsun, aklım yerinden çıkıyor, yüreğim aklımı da alıp koşa koşa sana geliyor. *Ben seni yaralarıma tuz diye basıyorum…*

Damarıma enjekte edilen zehir gibisin…

Aklımı sana yatıya bıraktım, yüreğim ellerinde rehin. Kiralık aşkların parttaym katilisin sevgilim. Ben yüreğine iltica etmeye çalışırken, gözlerine tutuklu kalmış günübirlik bir mülteciyim. Ne olur bırak saçlarını vatanım sayayım, saçının tek bir teli, dudaklarının kenarındaki kıvrım. Kirpiklerine takılmış bir renk olayım. Ne olur bırak yüreğine geleyim. Ne olur tut ellerimi gözlerinin menzilinden düşmeyeyim…

Arızalı küfürbaz kalbimin ana avrat sövdüğü günahımsın…

Kendimle iç çatışmaya girmeme sebep olan bencilliğimsin…

Söz konusu sen olunca ben herkesten daha çok bencilim. Nasıl bencil olmayayım, sen benim söz geçmişim sen benim gözümün beyazlığısın. Hani diyorum gelsen, ben senin gelişinin şerefine semaverde çay demlesem, İstanbul'a karşı oturup yudumlasak çaylarımızı. İstanbul kıskansa seni, bilirim ki sadece İstanbul değil aşk bile kıskanır seni sevgilim…

Fiili belirsiz özgürlük manifestomsun…

Sen yanımda olduğun sürece esir düşmem ben karanlığa. Tüm gücümle savaşırım bu hayatla, acılarımın önünü ilikler, aşkla sarmaş dolaş olurum. Esir düşmem işte, gökyüzünde kanat çırpan kuşlar kadar mutlu ve özgür olurum. Sen yanımda olur aklıma sahip çıkarsan…

"Ne olur aklıma sahip çık, aklım serseri mayın gibi hep senin menzilinde ayaklarımın altında patlıyor."

Gecemin huzurunu bozan gündüzümsün…

Sensizlikle kol kola yaşarken bile seni yok sayamıyorum. Sen haddinden fazlasıyla yanımdasın. Gözlerimi kapatmama gerek yok gündüzlerimin içinde bile sen varsın. Sen benim geceyi kahreden ışığım, gündüzü kıskandıran sabahımsın…

Berbat şiirlerimin tamamısın…

Yazarken ellerimin titrediği yine de vazgeçmediğim şiirimsin. Sayfaların arasına seni gizleyip kendime yer bulamadığım tek bildiğim lisansın. Cümle cümle yazılan, hece hece acılarını yudumladığım bir hayat zorunluluğusun. Her ne olursa olsun yine de sen benim adımsın, adımlarımsın, adamlığımsın…

Sen çocukluğum

Sen sol yanım

Sen gözlerinde yandığım

Sen görmezliğinden üşüdüğüm.

Sen benim her şeyimsin, bense senin hiçbir şeyinim…

Ne acı!

Bu şehre yağan yağmurlar ikimize de yeterdi.

Sen, gökyüzünü yırtıp gitmeseydin…

SÜPERMEN'İ ÖLDÜRMEK

Hayatın, yalnızlığın ve aşkın dibine düşülmüş küçük bir dipnot gibiyim. Saçlarının ucuna sımsıkı tutunmuş dibe vurmuş bir mülteciyim aynı zamanda ben... İçindeki sese pür dikkat kulak ver, işte tam canındayım duymuyor musun beni? Hayatın atardamarlarında damıtılmış kan tadında şarabın ta kendisiyim. Kemiklerimin içinde teşhisi konulamayan bir hastalık var! Sarhoş bir güvercinin gagasında mikrop, ahşap bir sandalyenin paslanmış son çivisi, radyoda isteksiz çalınan zorunlu bir şarkı, sinema salonundaki tekli koltuk! Bir uçurumun yamacında intihardan başka tutunacak dalı kalmayan, uhrevi bir can sıkıntısıyım. Kendimi sana, daha nasıl anlatayım?

Elveda alın yazım! İşte tam burada içime çürümüş ceset kokusu siniyor. Delidolu siren sesleri arasında, katilini bilmediğim ölü bedenlere sarılıyorum. Benim yerimde sen olsaydın ne yapardın diye düşünüyorum. Hiçbir şey olmamış gibi vurdumduymaz davranabilir miydin? Belki de bileklerini keserdin beyaz fayanslarla döşenmiş bir banyoda lavanta kokusunu içine çekerken! Gitgide rayından çıkıyor hayatım. Durma ne olur sen de git artık! Yudum yudum kendi kanımı içeceğim bu gece...

Karadeniz ikliminin sert havası gibi değişik bir ruh haline sahibim. Unutmanın hatırlamak olduğunu öğreneli çok uzun zaman oldu. Neyi unutmaya çalıştıysam adım gibi ezberimde saklı. Son celsede idama mahkûm edilen bir zanlı gibi hissediyorum kendimi. Oysaki boynum ipe değil en çok da giyotine yakışır…

"Başımı giyotinle kesseydin, ben bu şehrin kahramanı olacaktım."

Kırmızı pelerinimi getirin bana Clark Kent'i öldürdüm. Başımız sağ olsun Süpermen yok artık bu kentte. Siyah kaplı defterimden ölüler diriliyor. Hep bir elden toplanıp beni sayfaların arasına hapsetmeye çalışıyorlar. Yazmak bu kadar iç bunaltıcı bir şeyken nasıl oluyor da bıkmadan usanmadan yazmaya devam edebiliyorum! Sanırım bir işe yaramadığım için kaleme sarıldım. Yazarsam bazı şeyleri unuturum sandım. Acımı, öfkemi, içimde gözünü kan bürümüş intihara meyilli çocuğu zapt edebilirim sandım. Ama yanıldım! Ben ısrarla yazdıkça, içimdeki yalnızlık büyüdü. Öfkem tahammül edilemez bir boyuta ulaştı. Yazdıkça içime saplanmaya başladı intihar düşüncesi…

Yazdıkça öfkem çoğalıyordu çoğalmasına ama ben bundan delicesine bir haz duyuyordum. Kendi içime delilik sancıları salıyordum. Kurguladığım her kelimede…

Belki de hiç yazmasaydım bu hayata ayak uydurabilirdim. Alışveriş merkezlerinde gezmeyi severdim. Çılgınca tüketmek bana muazzam bir duygu verebilirdi. Saçma sapan filmlerde saçma sapan insanlarla birlikte ağlayabilirdim. Gözümü kapatabilirdim bizleri öldüren bu sisteme. Aptal bir siyasi partinin peşine takılıp adaleti kendime göre yorumlayabilirdim! Ama artık çok geç, kusuruma bakmayın, bütün siyasi partileri, bütün politikacıları kaldırın atın bir kenara. Çünkü bu yeryüzünün en aşağılık insanlarıdır politikacılar. Siz onlardan olmayın...

Boktan bir adalet anlayışımız var!

Artık neyin doğru neyin yanlış olduğunu ne yazık ki kavrayamıyoruz. Televizyonlarınızı kapatın, kendi fikirlerini sizlere dayatan gazeteleri bir günlüğüne okumayın. Saf adaleti ve bu adaletin karşısında duran saf kötülüğü anlamaya çalışalım hep beraber. Dünyayı iki millet olarak düşünün. "İyiler ve kötüler." Sonra bir bakın bakalım siz bunun neresindesiniz. İyi ve kötü kişiye göre hiçbir zaman değişmez. İyi tektir, kötü de her zaman iyinin karşısındadır...

"Bak gördün mü? Senden bahsederken yine yolumu şaşırdım."

Belki yarım kalmış sıkıntılı bir mayıs sabahı. Okunamayan elyazımla imla kurallarını boş vermiş bir mektup yazarım sana. Fiyakalı cümleler kurmadan, aklıma gelenleri karalarım hızlıca. Cümleler içimi deler geçer, ben kendimi bile unuturum. Sonra İsmail Abi çay demler, çay içeriz. Ben sana dair ne varsa anlatırım. İsmail Abi sözümü kesmeden dinler beni. Ardından, "Boş ver lan!" der. "Hadi bitir de çay doldurayım..."

CEHENNEM KAÇKINI

"Hayatın felsefesidir ihtiyar bir adamın ölümsüz yalnızlığı."

İkiye ayrılan yolun tam ortasından geçip gittim...

Yol yoktu, ayrılıkçı fikirleri, engelleri, kendini insan sanan insancıkları ve de gezegenin fırsatçılarını ezdim geçtim. Ben bir ülke idim. Toprağım kuraktı ve çöle dönüşmüştü bütün nehirlerim...

Düş'tüm! En sonunda kendi düşümde kendime yenildim...

Heybemde aşk vardı, heybemde ihanet vardı, heybemde sensizlik vardı!

Hep sana geç kaldım, zehir yüklü ormanlarım kendi ciğerini hep kendisi yaktı. Küçük bir kıyamet kurguladım senaryomun en güzel yerinde. Doğaçlama öyküler yazdım, doğaçlama cinayetlere kurban gittim...

Aşk'tın…

Aştım.

Paradoks dolu şiirler yazdım ve ben seninle değil hep kendi çelişkilerimle mutlu oldum…

Uykum hep cennet sandığım cehenneme bölündü. Zaten suçluydum avuç içlerinden çivilenip çarmıha gerilmeyi hak edecek kadar. Suçluydum son tufanda insanlığı hak edemeyecek kadar…

Haklıydım aslında ve en çok da hakkım olana aldandım…

Seni anlatamadım çünkü anlatılacak hiçbir şey yoktu sende. Ya da var olanı ben hiçbir zaman göremedim…

Göremedim. Kördüm, Pinokyo'nun saflığı kadar yalandım! Hep yeryüzünde olanı yıldızlarda aradım. Arayışım hiç bitmedi. Arayışım uzadıkça kendimden uzaklaştım. Kendi sesimi bile tanıyamaz olunca kendime çoktan yabancılaşmıştım…

Yalnızlığın yatağında kelimelerle sevişirken, adi bir milis tarafından aşka kundaklandım…

Yandım yandım…

Bu yangın o kadar uzun sürdü ki; alevleri hiç küçülmedi, gittikçe büyüdü, gittikçe içine çekti beni…

"*Cehennemden dünyaya düşen küçük bir ateş parçasıyım ben. Kendi bedenimde yüreğimi ve ruhumu eriten.*"

ORANTISIZ CÜMLE İSRAFI

"Yüksek bir gökdelenin tepesinden, kalabalık bir caddeye
düşmek gibiydi. Seni orantısız sevmek!
Yere çakılan hep umutlarım olurdu..."

Sen gidersen bu ülke temellerinden sarsılır
Bütün çocuklar sokaklara dökülür
Polis orantısız güç kullanır
Gözlerim biber gazından yanar.

Sen gidersen bütün şiir kitapları yasaklanır
Bütün sinemaların kapılarına mühür vurulur
Düşlerimi bir kurşun deler geçer
Ben kendimi bile sevemem.

Sen gidersen aklımın kimyasal maddelerden yapılmış olan poşeti delinir
Sözcükler beyaz gömleğimi kirletir
Sen dahil bütün tanıdığım insanları unuturum.

Sen gidersen bütün kamu binalarında sisteme ana avrat küfrederim

Muhtemeldir ki birisi ya da birilerinden yumruğu yerim…

Sen gidersen çocukların hayal kurması bile
yasaklanır bu memlekette
Dudaklarından dökülen küfürlerin kafiyelerine kurban olayım
Bence sen gitme…

SUSTALI KAPLUMBAĞADAN HİCAZ MAKAMINDA ŞARKILAR

Sen gittin...
Sonra ben, hastalıklı bir martının dudaklarından öptüm.
İki kadeh eskitilmiş şarkı çaldım
Aynı anda yan odada ağlayan çocukluğum bir canavara dönüşüyordu.
Muhalif kitapların içinden, muhalif şiirler ezberledim sana.
Bir tekini bile okuyamadım.
Bir tekini bile okutmadın.
Lastiği patlamış bir dondurma arabası gibi
Hayatın atardamarlarına aktım
Sinir uçlarımda eriyerek tükendim...
Gecenin koynunda kaybolup giderken
Dilim sözcüklerimin şahitliğini üstlendi...
Üstelemedim, altı üstü bir hayatın içindeydim.
Benden önceki milyarlar gibi bir avuç toprağa yem olacaktım...

Aldırmadım

Aldattım

Aldandım…

Bir avuç kirli suyun içinde kan pıhtısıydım

Bir avuç toprakta yağmurlarla buluştum…

"GÜM!" *Ansızın patlar beyninin içinde şiddetli ve dengesiz bir fikir dalgası. Zihninin çıkmaz sokağından elinde paslı sustalı ile küçük ayyaş bir kaplumbağa fırlar. Sisteme küfredip, cılız naralar atar. TV'de zapladığın kanalların içinden hortumu kesik bir fil salonun ortasına yuvarlanır. Bir şeyler anlatmaktadır ama biraz peltek konuşmaktadır. Dayanamaz kahkaha atmaya başlarsın. Oysa filin bakışları ciddi ve tehditkârdır! Kahkahanın dozajını azaltırsın, aynı anda sokakta boğuk bir sala sesi yankılanır. Ortada cinayete kurban gitmiş bir ceset vardır. Ama bu cinayet yasalara uygun da olsa, her halükârda illegaldir…*

3. Birileri senin yerine düşündüğü sürece özgür değilsin...

Hayatlarımız boyunca hep bir şeylere sahip olmak için çabalayıp duruyoruz. Daha güzel bir iş, daha güzel bir ev, son model telefonlar, bilgisayarlar, lüks otomobiller. Hep bunlar için kendimizi yıpratmıyor muyuz? Aslında ortada yanlış olan çok şey var. Sahip olmaya çalıştıklarımız bizlere çoktan sahip olmuşlar haberimiz yok. Elektronik eşyalar bizim sahiplerimiz, hiçbir nesne bize ait değil. Hatta vücutlarımız bile bize ait değil. Bize ait olan tek şey fikirlerimiz. Aklımızın içinde dolanan, kapalı kapılar ardına sakladığımız fikirler bize ait. Sadece fikirlerimizin sahibiyiz biz...

HIRSLARININ ESİRİDİR İNSAN

Nasıl yaşamamız gerektiğini bilmiyoruz. Hep çıkarlarımızın üzerine kuruyoruz hayallerimizi. Belki de bu yüzden mutlu olamıyoruz. Çaresizliğimiz büyüyor gün geçtikçe, farkına varamıyoruz. Her gün hırslarımız büyüyor ve biz hırslarımızın içinde kendimizi, insanlığımızı unutuyoruz. Ne hayatı anlayabiliyoruz ne de gerçek aşkı...

Dilimizde hep yalan sözcükler, kendimizi kandırıyoruz. Hayatı bir solukta yaşayıp koşar adımlarla hikâyemizin sonuna gidiyoruz, bazen hayat bizleri akıllanmamız için küçük uyarılarla sınıyor. Farkına varmak istemiyoruz. Oysa bir durup düşünsek!

Neden bu kadar hırslarımıza düşkünüz?

Bu yolun sonu nereye varacak?

Sorular sormaya korkuyoruz kendimize. Çünkü verecek cevabımız yok, sorularla işgal edersek beynimizi ayakta duramamaktan, düşmekten korkuyoruz. Oysa farkında bile değiliz, bu hayatın içinde acınası ölüler gibiyiz...

"Her insan zamanın kendisiyle başladığını zannediyor. Oysa ne zaman bizim doğumumuzla birlikte başladı ne de bizim ölümümüzle son bulacak."

Şuursuz birer yığın halinde kalabalıklar içinde yaşıyoruz hayatı. Hele bir gün birileri bizi arayıp sormasa yalnız hissediyoruz kendimizi. Ama kendimizi kandırıyoruz, gerçek yalnızlığı bilmeden yalanların içinde yönümüzü bulmaya çalışıyoruz...

"Yalanlarla inşa edersen hayatını, en ufak bir fırtınada yalanların hayatının üzerine yıkılır."

Sahte tebessümlerle süslenmiş maskeler takıyoruz yüzlerimize, sahte rujlar, çekici dudaklar, sahte duygularla sahte şiirler yazıyoruz. Kendimize, hayata, aşka, bütün insanlığa ve en çok da gökyüzüne ihanet ediyoruz...

Kiracı bile değiliz bu dünya bahçesinde, günübirlik misafirleriz, kimimiz kral dairelerinde kimimiz ekonomik dairlerde, ya da daha berbat dairelerde. Otel gibi kullanıyoruz bu dünyayı. Eninde sonunda uyanacağız bu derin uykudan, rüyalarımız bize kalacak mı? Onu bile bilmiyoruz...

"Geç olmadan kendi ellerimizle sarsarak uyandıralım ruhumuzu, insanlığımızı kaybetmeyelim."

Zaman boşluğa açıldı
Dünyanın efendisiydi insan!
Ve bu en büyük yanılgıydı
Masal içinde ihanet
İhanet içinde masal
Tesadüfler
Bitişler

Başlangıçlar

Dua

Kin

Nefret

Kaderin büyülü değneği hiç dokunamadı düşlerimize!

Açgözlü insan!

Sabırsız insan!

Katil insan!

Hayat mı?

Boş ver üstü kalsın…

Artık senden artakalanlarla yaşamaya çalışıyorum.
Biraz kırgınlık var üzerimde, biraz da kızgınlık.
Hiçbir şeye anlam yüklemiyorum.
Oluruna da bırakmıyorum.
Bir şeylerin olduğu da yok zaten.
Her şey çirkin geliyor artık gözüme.
"Güzel kadınlar dahil."

İSKAMBİL YALNIZLIĞI

Eğer bir gün aklına gelirsem! Neyse boş ver!
Bundan böyle aklına bile gelmek istemiyorum.
Ne halin varsa öl! Çünkü ben ne halim varsa gülüyorum...

Gözyaşlarıyla yaralanmış mevsimlerin içerisinden geçiyoruz seninle. Aklımız bir karış havada, eskimiş şiirlerin içerisinde yer bulmaya çalışıyoruz. Attığımız her adımda mayınlar patlıyor ayaklarımızın altında. Kaçacak bir yerimiz yok! Yalan yanlış insanlarla sırdaşlık yapıyoruz. Hem çok yakınız, hem de çok uzağız birbirimize. Felç bırakan ama öldürmeyen bir zehir var içimizde. Birbirimizi zehirliyoruz...

Yüzümüze taktığımız maskeler çürük bir sicim ipiyle asılı suratlarımızda. Utanmayı bir türlü beceremiyoruz. Aşk nöbetinde kan kusuyoruz. Nasıl bir hastalıktan mustaribiz bilmiyorum. Fosilleşmiş aşk sözcükleriyle, milyarlarca insanın yaşadığı acıları çekiyoruz aslında. Kimseden bir farkımız yok! Yine de saçma sapan rollere bürünüp, diğer insanlardan farklıymışçasına tavırlar sergiliyoruz. Bir ısırık daha alsak bu hayatın atardamarlarından rahatlayacağız aslında. Dişlerimizi hayatın sert damarlarına bir türlü geçiremiyoruz. Bacak arası sevdalardan kaçıp uzaklaşmak istiyoruz. Bedenlerimizi bir kenara bırakıp ruhlarımızla sarmaş dolaş olmak istiyoruz. Ama olmuyor işte, basit birer canlıyız…

Antikçağ kazılarının içinden hiç yaşanmamış yalanları toplayıp hikâyeler uyduruyoruz götümüzden. Çünkü zihnimiz darmadağınık…

Ben senin tebessümlerini kıskanıyorum. Sen benim sözcüklerimi. Paldır küldür yuvarlanıp gidiyoruz hayatın içinde. Platon bile şaşırıyor bu işe. Hoş, Platon nereden bilecek, sen gözlerimin içine bakarken, benim bileklerimi kesmek istediğimi?

Aklım pespaye bir bitpazarı! İçimdeki gezegenler yorgun, sarhoş bir güvercinin çığlıkları gibi zihnimde asılı duran sesin…

Çocukluğumu koynuna al

Beni unut ama çocukluğumu unutma!

İçindeki en tenha en köhne yerde sakla beni…

Keskin gözlerin bir düğün evi gibi!

Benimse boğazımı yakan keskin bir şarap

Ve içim cenaze evi gibi…

ARKA FONDA FEYRUZ ÇALIYOR

– *Bir Feyruz şarkısının nakaratlarında buluşalım seninle.*

– *Bu saatten sonra Feyruz bile kurtaramaz bizi.*

Boğucu neon ışıkları içerisinde yürüyorum. Kulaklarımın içinde patlıyor koskoca bir pagan yanılgısı. Dudaklarımdan öpmeye davet ediyorum seni, bu yolun bir yere çıktığı yok! Gerekiyorsa yollarıma paslanmış jilet parçaları ser, ben seni ağır kanamalı hastaların makamında bile severim...

Bir gün bu yeryüzünde bütün savaşlar bitecek! Meydanlarda sevgiyle birbirine sarılacak bütün âşıklar...

Zincirlerimi kırıp ağır gecelerin içinden sana firar edeceğim. Yardım ve yataklık yapacak bana gözlerin. Bütün şiirleri en baştan yazacağız. Ölümler ve yıkımlar sanki hiç yaşanmamış olacak...

Ama önce dişlerinle dudaklarımı parçalaman gerek...

Kalabalık ve buram buram günah kokan bir şehrin, farklı iki mevsimiyiz seninle...

İçimizde kaybolan insanlar

İçimizde faili meçhul cinayetler

İçimizde kimsesiz çocukların duaları

İçimizde bir fahişenin harama yaltaklanan yalnızlığı var!

Ve yasadışı gösteriler düzenleniyor içimizde…

İzbe masallardan kaçıp kaçıp kaburga kemiklerimin arasına saklanıyorsun. Her nefes alışımda katlanılmaz acılar salıyorsun bütün sinir sistemime. Sonra nasıl beceriyorsun bilmiyorum, koskoca bir orduya dönüşüyorsun içimde ve bütün gücünle yüreğime yürüyorsun. Bense kendi bedenimin içinde vur kaç taktiğine başvuruyorum, sıktığım her kurşun senden sekip bütün hücrelerimi parçalıyor. Belayı, korkuyu, ölümü usta bir nakkaş misali içime işliyorsun…

Sen benim yanlış anlaşılma payımsın…

Ben seni böyle şuursuz bir şekilde severken, senin pervasızlığının üzerinde neden kara örtüler var?

Bu şehir tuhaf bir yer oldu çıktı. Baktığım bütün tabelalarda senin ismini görüyorum. Bütün otobüs durakları isminle başlıyor, bütün giyim markaları senin yüzünü kullanıyor. Her şeyin üzerinde ya ismin ya da yüzün var…

Körleşmiş gibiyim. Bu kör halimle tabiatın bütün renklerine savaş açtım. Artık bütün renkler düşmanım…

Gizli saklı kanserli bir hücre gibi dolanıyorsun içimde…

Kiralık aşkların parttaym katili gibisin, boktan bir hayat felsefen var! Çok denedim inan ağız dolusu küfürler yerine yavşamış cümlelerle süslemeyi ismini. Ama beceremedim, sen benim ahlakımı bile bozdun…

– *Şu sigara paketini uzatsana.*

– *Geberip gideceksin bir gün az iç!*

– *On eksi bir, fark eder mi?*

– *Artık can sıkıcı olmaya başladın!*

– *Siktir git o zaman!*

Arka fonda Feyruz çalıyor. Gece üzerime çökmüş, göğüskafesim küfür ve sigara dumanıyla yoğruluyor. Bir yandan da ısrarlı bir şekilde dua ediyorum. Hava buz gibi, kafam biraz dumanlı. Kimsesizlik kol gezerken evin içinde, suratımı cama yapıştırmış karanlık gökyüzünü izliyorum. Yıldızlar yok bu gece, sen de yoksun...

Arka fonda Feyruz çalıyor, biraz yorgunum.

Arka fonda Feyruz çalıyor, ağlamak istiyorum gözümden tek bir yaş damlası düşmüyor.

Arka fonda Feyruz çalıyor ve siyah kanatlı bir melek omuzlarıma dokunuyor...

Arka fonda Feyruz çalıyor, işte aynen şöyle diyor:

"Yazda ve kışta sevdim seni

Yazla ve kışla birlikte bekledim seni.

Gözlerin yaz ayıydı, gözlerim kıştı

Kavuşmamız, kış ve yaz ötesinde imkânsız kaldı..."

Sadece Feyruz şarkılarını dinlerken aklıma geliyorsun. Onun dışında umurumda bile değilsin. Kırkbeşlik plaklar ve tek içimlik sigara arasındasın...

Vesselam ben Feyruz'u senden çok seviyorum...

BOMBA

İçimdeki bu karışıklığı sayfalara dökmek en zoru…

Sen gittin, gittin de, ben senin kim olduğunu bile bilmiyordum! Zaten hiçbir zaman senin kim olduğunu bilmedim. Galiba aklımın içinde halkını katleden bir diktatör var. Yoksa açıklaması zor bendeki bu hali ve halsizliği…

İçimde yeni yeni büyüyen isyanlar
Ve simsiyah döl yatağından
gecenin içinde dirilen bir insan!
Marksist yanılgı
50 yaşında bir kadının rahminde patlayan bomba…

AKLIMDAKİ OTOBAN

Oysaki aklımın içinden seninle dolu bir otoban geçiyor.
Gel gör ki sevgilim, ne yolun başında ben varım ne de bu yol sana çıkıyor...

Kimsenin dinlemediği şarkılar eşliğinde intihara kalkışıyorum. Sağ elimdeki silah tutukluk yapıyor. Sol elim bileğimden vuran keskin bir acıyla sendeliyor. Ve ikinci plana atılıyor bütün intihar şarkıları...

Gerisingeri yalpalayıp kendimi kaybediyorum. Dudaklarımda bini bir para küfürler peydahlanıyor. Senin gelmeyişine geçmeyişine, dünyanın ise gelmişine geçmişine sövüyorum. Ne sen duyuyorsun beni ne de dünya. Kendi kendimi sığ bir okyanusun içinde boğuveriyorum...

Yaşımı hissetmiyorum tıpkı yaşamı hissetmediğim gibi. Birbirine orantılı bir mesele olsa gerek bu vahim durum. Gel de çık şimdi bu işin içinden. Yarım litre tinerle hayata döndürüyor beni izbe ve pislik içerisinde yüzen mahallenin köşe başı doktoru. Ağzımın içi leş gibi küfür kokuyor. Benden rahatsız olan mahallenin kedileri toplu intihara kalkışıyor. Köpekler bile isyan ediyor bu duruma. Saatin kaç olduğunu bilmiyorum ama gecenin rengi biraz mora kaçıyor. Mahsur kalıyoruz akrep ve yelkovan arasındaki kısa mesafenin içinde. Göz göze geldiğimiz an zaman bize karşı koyuyor...

İkimizin arasındaki bu sınıfsal mücadele masallara konu oluyor. Bütün çocuklar Rapunzel diye çağırıyor seni. Ayağı aksayan çocuklar, parmakları olmayan çocuklar, bütün çirkin çocuklar... *(Bütün çocuklar güzeldir...)*

Kendi kendimle çelişiyorum. Çünkü çok meşgulüm...

Ben zaten aklımın içindeki otobanda seni kaybettim kaybedeli bütün dünyaya ve kendime karşı savaşmakla meşgulüm...

Bu memlekette acılar hep aynı

Sadece isimler değişiyor.

Sokakların isimlerini sürekli değiştiren iktidarlar gelip geçiyor bu memleketten.

Ama insanların bir sokak kadar değeri olmuyor.

Acı! Bizlere musallat olan bir hastalık olmasına rağmen

Sistem acıyı bizlere birer uzuv gibi sunuyor.

Acılara sarılıp, acıları yudumluyoruz...

Bir garip memleketin çocuklarıyız işte!

İSRAİL'E GÖRE

İsrail'i dudaklarından öpüp yerin dibine gömmek istedim.
Çünkü bilirim ki benim dudaklarım siyanür yüklüdür
sırf bu yüzden İsrail'i dudaklarımla boğmak istedim...

Sen yoktun sevgilim.
Ben Ortadoğu'nun kurşun kaplı yollarında bombalarla misket oynayan bir meczuptum...

Sen yoktun sevgilim.
Bir çocuk vardı, kanatları kırılmış bir serçe taşırdı ellerinde, o çocuk ahlaksız bir teröristti sevgilim "İsrail'e göre"...

Bana, babam küçükken zulmün tarafı olmaz diye öğretti.
Ama büyüdüm anladım ki zulmün tarafı da var taraftarı da sevgilim...

Hani bir söz vardır ya, "*Zalimler için yaşasın cehennem.*"

Cehennem yaşasın sevgilim. İsrail için, senin için, tüm zalimler için...

ANAYASA İHLALİ

Öfkem içimdeki aşkı mağlup etti bu gece. Avuç içlerimden pashı çivilerle çarmıha gerildim. Canım çok yandı...

Mora çalan bir eylül sabahına el ele intihar etmiş bir şekilde uyanırız

İntihar eder ve yeni bir hayata başlamış oluruz.

Zoraki sorular sormazsın bana bu sefer biliyorum.

Simsiyah kanım bileklerimden akıp şarap şişelerini doldurur.

Önümde uzanmaz karanlık yollar

Aydınlık sabahların içinde yürürüz seninle.

Sen aklıma mukayyet olursun

Ben sadece ellerini tutarım

Ellerimiz yeter ikimize

Bırakalım yetsin!

Başka hiçbir şeye başka hiç kimseye ihtiyacımız olmaz.

Paslanmış yıldızlar kuşatmaz gökyüzümüzü.

Sen iste!

Sen iste, binbir gece masallarını altüst eder en güzel yıldızları dökerim dudaklarının kenarına, elimi tut! Sımsıkı tut, merak etme kangren olmaz ve cerrahlar kesip alamaz ellerimi ellerinden. İçimde bir damla kan yok! Saçma sorular gelmez aklıma, aklım sende takılı kalmışken. Sen benim yanımda ol! Söz sesimi bile çıkarmam, rahatsız etmem seni. Bu defa altüst olmayalım. Ağır ağır öldürmeyelim birbirimizi…

Dudaklarımı ilk kez öpüyormuş gibi öp!

Bu sefer şarkıların son nakaratı değil, tamamı olalım. Hatta boş ver şarkıları, biz kendi şarkımızı aşkın mahrem sayıldığı ülkelerde öpüşürken yazalım…

"Öpüşmek bazı ülkelerde anayasa ihlalidir."

4. Bir sebebi yok! Oturdum cam kenarına nedensizce ağladım...

Keskin bıçaklar yalnızlığımın şahdamarına yakın duruyor. Simsiyah bir yalnızlığım var benim. Oysa insanın yalnızlığı bembeyaz olmalı. Aşka otostop çekilerek ulaşılmaz. Mutlaka elinden tutan biri olmalı insanın. Çünkü aşk kalabalıktır ve kalabalığı sever. Yalnızlıkla oyalanmamalı insan...

CİDDİYET MESELESİ

Senin bu hayatın içinde var olduğunu bilmek, hayattan soğumama sebep oluyor. Ben zaten hayata tam anlamıyla hiçbir zaman adapte olamadım. Genel bir adaptasyon sorunu var bende. Bir de üzerine sen varsın, ben daha nasıl adapte olayım bu hayata? Her neyse duygusallıktan nefret ederim. Ama bazen evde tek başıma kimse yokken duygusala bağlayıp mal mal davranışlar sergiliyorum. Mesela bir nedene bağlı olmadan delidolu ağlıyorum. Benim böyle bir özelliğim var, her an her yerde istediğim zaman ağlayabilirim ama diğer bir yandan da büyük bir sorunum var, pek fazla gülmeyi beceremem. İnsanların katıla katıla güldüğü şeylerin karşısında mimiklerim bile kıpırdamaz, eğer bir topluluk içerisindeysem ki bu çok nadir olur, yalandan yere gülüyormuş gibi yaparım. Ne kadar başarılı olduğumu bilmiyorum. Ama bu yalandan yere gülme mevzusu da benimle alakalı bir şey değil aslında. "Çok ciddisin, biraz gül bu kadar suratsız olma!" diye diye yalancı bir maskeyi zorla suratıma geçirdiler. Aslında ciddi falan değilim lan ben. Ciddiyet bana göre değil, ama diğer yandan da gülecek bir şey bulamıyorum ve aslında bu beni mutlu ediyor. Çünkü mutlu olabilmenin yolu huzurdan, tebessümden, rahatlıktan, sorunsuzluktan geçmiyor. O kadar çok sorunlu ve tuhaf tipler tanıdım ki, bence hayatın esprisinin bir işe yaramadığını anladıkları için herkesten daha mutluydular…

Bana gelince ben bu ciddiyet meselesinin neresinde olduğumu bilmiyorum. Çünkü ben hayatım boyunca her şeyi yanlış anladım. Bu yüzden yanlış anlaşılmaktan ya da anlaşılamamaktan korkma gibi bir hissim hiç olmadı. Bir nevi *duyarsız ruh ilgisizliği* hastalığına tutulmuş olabilirim…

Aşırı derecede duyarsızlık iyi değildir. Aynı orantıda aşırı derecede duyarlılık da iyi değildir. Bence bir orta yolunu bulup hayata adapte olabilmeli insan…

Gece çökmeden gel kadın!

Ben!

Düşlerini ebabil kuşlarının yıktığı

O hüzünlü Hacivat'ım...

Bilmiyorum

Aklım başımda değil.

Yorgun bir zamanın içinden geliyorum

Güçsüz düşmüş, cephelerde yaralanmış mısralarla.

Korkuyorum aslında

Haddinden fazla korkuyorum.

Karanlıktan

İnsanlardan

En çok da; zaman korkutuyor beni.

Çünkü her insan bir parça ölü doğar!

Her insanın ruhu tamamlanmamış bir eserdir.

Zamanı heba etmekten korkuyorum.

Ruhumu tamamlayamadan ölmekten korkuyorum...

BEN SANA ELLERİMİ UZATIRDIM DA

Ben sana ellerimi uzatırdım da:

Bir Nasrettin Hoca fıkrasının içinde, "*Bu fıkradan ne anladınız?*" sorusunun karşılığıydım. Kimsenin hiçbir şey anlamadığı, benim bile kendime, kendimi anlatamadığım bir cümle yığınıydım...

Ben sana ellerimi uzatırdım da:

Amerika'nın arka sokaklarında beyazlara başkaldıran bir zenciydim. Emperyalist ve ırkçı devlete ayaklanan, polis copunun altında "özgürlük" sloganları atan lanet bir zenci! Ama sen beyazdın sevgilim. Yani ben de kendime göre ırkçıydım...

"Kahrolsun beyazlar!"

"Kahrol sevgilim!"

Ben sana ellerimi uzatırdım da:

Tırnak uçlarımdan vücudumun içine sızan bir mikrobun etkisindeydim. Şuurumu yitirmiş, hastalıklı ve ucube bir şuursuzdum...

Ben sana ellerimi uzatırdım da:

Sen sistematik bir kapitalist düzenin tarafı ve taraftarıydın. Bense varoluş mücadelesi veriyordum. Gerçi çok sonradan benim de o kapitalist düzenin küçük dişlisi olduğumu anladım. Yani ben de senin tarafındaydım...

Ben sana ellerimi uzatırdım da:

Benim şehrimin limanında beyaz yakalı martılar uçmuyordu. Benim şehrimin martıları mavi yakalıydı. Şimdi diyeceksin ki, "Martı ne alaka?" Çok alaka sevgilim, çok alaka. Martı bir şehrin özgürlüğü demektir. Yani benim şehrimin mavi yakalı martıları bile sizin şehrin beyaz yakalı martılarına karşıydı...

Ben sana ellerimi uzatırdım da:

Manşetlerinden kan damlayan simsiyah bir gömlek giyiyordum. Kanım kanımı, etim etimi, aklım da aklımı çekip alıyordu. Canım çok acıyordu...

Ben sana ellerimi uzatırdım da:

Bileklerine devlet tarafından kelepçe geçirilen bir vergi mükellefiydim. En büyük suçum vergilerimi zamanında ödemekti. Ha bir de meydanlarda "Adalet!" diye bağırmaktı. Adalet istemenin suç olduğunu bilmiyordum. "Adalet!" diye bağırıp, adalet tarafından suçlu bulunan bir ülkenin vatandaşıydım...

Ben sana ellerimi uzatırdım da:

Neyse işte, ne bu devlet, ne bu toplum, ne de yeryüzü buna hazır idi.

Durum vahim sevgilim çay bile kurtaramaz bizi. En iyisi sen sigara paketini uzat da karşılıklı içelim...

HAYATIN RENGİ "KIRMIZI"

"Ve bazıları öyle bir gider ki,
geride bırakılanın adı bile kalmaz."

Kendime yer bulamıyorum bu yeryüzünde, sen bile kurtaramazsın beni bu yılgın ve bitik yalnızlıktan. Rüşvetle biçimlendirilmiş bu yeryüzünde hep bir şeyler yanlış zaten. Bunca yanlışın içinde kendime yer bulamıyorum...

Şimdi beynimin içinde kaynayan bir cehennem var, tiner kokusuna hasret bir tinerci gibi gecenin koynunda yozlaşmış karakterlerle sevişiyorum...

Elektronik bir pense dudaklarımı parçalıyor, dudaklarım küfre, isyana ve pisliğe yaltaklanıyor. Hangi kapıyı açmaya çalışsam elim o arsız kapıların tokmağına yapışıyor. Durduramıyorum içimde patlamaya meyilli duran bu atom yalnızlığını...

Bu dünyada haddinden fazla yalnızım. Çünkü henüz kendimle tanışmadım...

Ben henüz kendimi tanıyamazken, seni nasıl beynimin içinde barındırabilirim? Zaten bir insan, bir başka insanı ne kadar iyi tanıyabilir? Benim gövdem kurak bir coğrafya gibi, tenime değen lanetimi üzerine çekiyor. İşte bu kadar garabet ve pislikle sarmalanmış sınırlarım var...

Sakın parçalanmış dudaklarımı yerine oturtup dikmeye çalışma. Sen en iyisi mi kafamı da gövdemden koparıp at bir kenara. Bir dikiş makinesinin iğnesi gibi dolanıp durma dudaklarımın kenarında...

Mesela keskin bir nişancı ol! Güzel ve güneşli günde işlek bir caddede kafamı patlat elindeki silahla. Beynimin parçalarıyla kaldırımları süsle! Kanımla gökyüzüne kızıl bir renk ver...

Ötekileştir beni, yabancılaştır. Aşırı doz eroinden ölen bir Hollywood yıldızı gibi damarlarımdan öp, ruj lekeleriyle uğurla beni bu dünyadan. Ama aklımın sınırlarına adımını atma...

– Sahi sınırlar vardı ve ben o sınırlarda korkusuzca dolaşırdım. İlahi bir gücü arar gibi, korkusuzdum. O zamanlar bu denli şuursuz ve ahmak değildim. Boktan bir hayatın içindeydim ama mücadele ruhum yerli yerindeydi. Ben o zamanlar nasıl mıydım? Nazi mahkemelerinde babası ölüme mahkûm edilen bir çocuk gibiydim. Ve Gazze'de o Nazi mahkemelerinde babası ölüme mahkûm edilen çocuğun öldürdüğü Gazzeli küçük çocuk gibiydim. Yani hem katildim hem de maktul. Hem zalimdim hem de mazlum...

Bu yeryüzünde şerefsizliği yaşam kuralı olarak gören insanlarla tanışıyorum. Ve hemen oracıkta, o insanları ellerimle boğmak istiyorum. Ama yapamıyorum. Ben bir türlü katil olamıyorum...

"Şerefsizlik diz boyu! Lütfen az öteye kayar mısın sevgilim, dünyanın rengini göremiyorum."

AVANGARD DÜŞLER

Bu gece ellerimle buyur ediyorum seni
ayini isyan mezarlığımın içine
Cüssesi ağır bir günahın yükü gözlerimde
Katilim
Katilsin
Avangard düşlere ihtilal yapmanın tam zamanı!
Yaşasın Arnold Wergeland.
Kilidi kaldır, yatağında gezinen ecinnileri ateşe ver
Dublörü utandır, suflöre unuttuğu cümleleri hatırlat!

Bu gece ellerimle buyur ediyorum seni
ayini isyan mezarlığımın içine
Sessizce dinle!
Kibirliyim:
Ruhumda tevazu kalmadı artık!

Kendimi tanıyamıyorum
Yabancılaşmış bedenimde hiç tanıyamadığım
ruhumu taşıyorum.
İçimden kalabalık caddeler
İçimden kalabalık şehirler geçiyor!
Hangi yola sapsam kendimi bulamıyorum...

5. *Yağmuru seven küçük bir zenci çocuktum!*

Şimdi susuyorum. Gökyüzünden düşen yağmur taneleri konuşsun. Zamana yenik düşen özlemler konuşsun. Y üreğim ve aklım. İki ayrı bedende iki ayrı aşka âşık! Şimdi susuyorum. Saçlarımda yağmurun kokusu ve yüreğimden başka gidecek hiçbir yeri olmayan "sen"...

Çamurun güneş sanıldığı yıllardı

Ve benim okyanusumda kâğıttan gemiler yüzerdi.

Kâğıttan donanmamın hatırına, mağrur bir general kisvesine bürünüp, affettim bu gece seni. Şimdi istediğin okyanusta kulaç atabilirsin. Biliyorum ki yağmurlarıma dokunamazsın.

"Kasvetli ağır bir hava! Gözlerim patlamaya hazır yağmur bulutları ile yüklü."

KÜFLENMİŞ HAYATLAR

Dibe vurmak maddeyi değil, manayı kaybetmektir...

Parçaları dört bir yana dağılmış yapboza benzer yüreğim. Tavşan dudaklı bir ayyaşın dostluğuyla bitiririm geceleri. Beş vakitlik ibadete ömürlük dualar sığdırırım. Yine de dinmez yüreğimin taşralı yollarında budak budak büyüyen acılar. Ama ben vazgeçmem dua etmekten, sudan, ekmekten ve senden vazgeçemediğim gibi...

Kaba saba hayat senaryolarında yan roller bulurum. Anlasana be gezgin hayalim kendim bile olamıyorum bu hayatta...

Felçli parmaklarımla hayatın dallarına tutunmaya çalışırken kaburga kemiklerimi kırıyorum. Kırılan yerlerimden sen sızıyorsun. Senin sızdığın yerde simsiyah bir doğum lekesi beliriveriyor, bedenime yapışıp beni terk etmek istemezcesine...

Küflenmiş hayatları toplama görevi verildi bana. Bu görevi bana kafasına av tüfeğini dayamadan önce Hemingway verdi. Sonra tetiği çekti kafatası yarım bıraktığı sayfaların üzerine düştü. Gökyüzünün yeryüzüyle bütünleşmesi gibiydi. O gün ben de oradaydım ama bugüne kadar kimseye söylemedim, o gün küflenmiş hayatları toplama görevini bana Hemingway verdi...

Ben bu görevi sımsıkı sarılırcasına gövdeme sardım. O gün bugündür kendimden uzaklaştım. Küflenmiş hayatları toplamaya çabalarken, kendi hayatımın küflenişini izledim...

Sonra ben bunu herkese anlattım. Binlerce yıldız gökyüzünü terk etti. Silah tüccarlarında, silah dükkânlarında o gün av tüfeği kalmadı...

Ansızın patlayan bir silah ve Kadıköy'de ikinci sınıf bir otel odasında beyni parçalanmış bedenim. Oysa benim avuç avuç cümlelerim vardı. Ama öldüğüm gün sayfalar bomboş kaldı. Yanımda da av tüfeği değil, tavşan dudaklı ayyaşın bir polisten çaldığı devlete ait bir 14'lü vardı...

MAHLER ÖLÜMÜ İYİ TANIR

Karanlık sokaklarda kayboluyorum. Eski bir otoparka park edilmiş hurdaya çıkmayı bekleyen bir karavan gibiyim…

Düşlerime konan kuşların gagalarından öğreniyorum ben küfür denen ahlaksız cümle yığınlarını…

İkinci sınıf filmler izliyorum. Kalitesiz sigaralar içiyorum. Düşe kalka yaşıyorum. Düşe kalka ölemiyorum…

Hangi yola çıksam cehennem sıcaklığı çarpıyor yüzüme. Gökyüzünün o mavi kokusunu içime çekemiyorum. Şimdi tek bir istisna bütün kaideleri bozuyor…

Hangi kelimeyle bileklerimi kesmeye çalışsam bir sonbahar hüznü çöküyor gözlerime. Gözlerim demirden bir perde yığını. Ve gözlerin dörtnala koşan yabani bir atın felç bırakan çiftesi gibi…

Siyahı kıskanan gecelerin içinden geliyorum. "*Gece siyahı nasıl kıskanabilir ki?*" diye sorma bana. Benim gecelerim siyah bile değil, berbat bir renge çalıyor gecelerim. Ne tarif edebiliyorum ne de anlatabiliyorum. Yeteneksiz ve aptal şair bozuntusuyum işte…

Siyanür kaplı takvim yapraklarından hayatı takip ediyorum. Cinnete meyilli bir palyaço diriliyor ense kökümden. Çok korkuyorum, *çok korkuyorum*. Elindeki paslı usturayı şahdamarıma vuracak diye…

İçimde ninnilerle beslenen çocuklar büyütüyorum. Dışımda ise kanla kaplı bir yeryüzü benden kendisine saf ve günahsız bir adak sunmamı bekliyor…

Dünya bu denli büyük bir karışıklığın içine sürüklenirken, arka fonda Gustav Mahler'in Beşinci Senfoni'si ölümü bekleyen insanların kulaklarına çarpıyor. Kimse Mahler'in hikâyesini bilmiyor, oysa Mahler ölümü iyi tanıyor…

Gece çöküyor

Ve gece! İşlenecek bütün suçlara yardım ve yataklık yapıyor.

Bir fahişenin bacak arasından kan sızıyor

Bir hırsız yanlış giden bir soygun sırasında bir adamı öldürüyor.

Ve hırsız katil oluyor

Adam ölüyor

Fahişe yaşıyor

İnsanlar ölüyor

Ben yaşıyorum…

Ve Mahler'in Beşinci Senfoni'si bir türlü bitmek bilmiyor…

BİR GARİP PİSLİK MESELESİ

Delicesine soğuk bir hava, aklımın dönemecinde birbirine çarpıyor kelimeler. Aklımı kontrol edemiyorum.

Ne yana dönsem huzursuzluğum artıyor. İçimde günden güne çığ gibi büyüyen bir sıkıntı ve sınırlarımı zorlayan o en tanıdık alışkanlık *yalnızlık*...

Dudaklarım ince bir ağacın dallarına benziyor. Kendi dudaklarımı kendi cümlelerimle kırıyorum. İçimdeki acı çoğalıyor...

Esrarengiz bir hikâyenin sürekli kaybetmeye mahkûm olan önemsiz yan karakteri gibiyim. Oysa ben bazı zamanlar kendimi herkesten güçlü hissediyorum. Peki ben bu kadar güçlü hissederken kendimi, neden sürekli kaybediyorum?

Kalkıyorum yerimden, uzun bir gecenin başlangıcındayım. Betonlaşmış şehrim çırılçıplak önüme uzanıyor, tiksiniyorum bu şehirden ve bu şehrin insanlarından...

Tenini hayal ediyorum, işte o an bütün hücrelerim serseri bir kurşun gibi yüreğimden sekip bedenimi delik deşik ediyor. Bütün canlılığımı kaybediyorum...

Zor olmaması lazım arzuladığın insanın yanında olmayışı, ama zor oluyor işte bir insana bu kadar körü körüne bağlanmışken ayakta durabilmek...

Bir pazar satıcısının ürünü gibi aşk pazarlanırken sokaklarda, aşkı bulduğumuzu zannederek koca bir yalana sımsıkı sarılıyoruz. Aşk yeryüzünün en büyük yalanıyken, nereden çıktı bu özlemek?

Bir insan neden başka bir insanı özler ki? Özlemek ahmaklık değil mi bir parça? Bir parça da aptallık değil mi? Ben özlemenin nasıl berbat bir şey olduğunu biliyorum sadece. Gerisi beni pek bağlamıyor açıkçası. Eğer özlediğim için aptalsam ve ahmaksam ki; aptallık ve ahmaklık aynı şey olsa gerek! Neyse devamını bir türlü getiremiyorum. Kafam karmakarışık ve özlemek çok boktan bir şey...

Hepimiz sahte bir rüyanın içerisindeyiz. Ölüm bu rüyanın sonu, uyanışın başlangıcıyken, neden ölümden korkar ki insan? Ben ölümden korkmuyorum gibi yuvarlak laflar etmeyeceğim. Ölümden korkuyorum, ama çok tuhaf bir korku bu! Ölümden korktukça ölümü sahipleniyorum. Sevmeye başlıyorum. Korktuğu bir şeyi nasıl sevebilir ki insan, bunun cevabını sanırım hiçbir zaman bulamayacağım. Garip bir şey işte...

Açlıktan nefesi kokan ruhumun azı dişleri arasında dolanıyorum. Kendi ruhumu kendime öğle yemeği gibi sunuyorum. *"Kendini yiyip bitirmek bu olsa gerek, ruhu kaybetmek."* Oysa önceden daha sahteydim ben, çünkü o zaman başkalarından bahsediyordum. Ben başkalarından bahsettikçe kendimden uzaklaşıyordum. Şimdi ise sahte bile değilim. Hiçbir şey gibiyim. Oysa artık başkalarından değil kendimden bahsediyorum, ama bu sefer de ne başkalarına ne de kendime ulaşabiliyorum. Ulaştığım yolun sonunda ben yokum! Başkası yok, o an yalan kişiler kurguluyorum kafamda. Kan kırmızısı bir elbise giymiş bir kadın canlanıyor gözümde. Ona bir isim buluyorum. Bazen Dilruba diyorum ona, bazen de Pia. Ya da binlerce isimden biri…

Bendeki bu sınır ötesi iç yalnızlıklar çoğaldıkça binlerce kadın diriliyor beynimde, binlerce isme bürünen ve her seferinde kan kırmızısı elbise giyen kadınlar…

Aklımın içi binlerce ölünün yattığı bir mezar gibi, huzurun bendeki eşanlamı bu "ölüler"…

Ölmek bir seçim değil zorunluluk…

Sevmek bir seçim ama zorunluluk değil…

Özlemek???

Burada tıkanıyor bütün cümleler. Özlemek bir seçim olabilir mi? Kesinlikle olamaz. Peki özlememek bir zorunluluk mu? Bazen insan bir şeyleri özlemek ister. İşte o zamanlarda özlemek zorunluluk olur. Gerçi sevmek de bir zorunluluk olabilir bazen. Bir de ölüm var tabii ki, bazen insan ölmeyi ister ve intihar etmeyi düşünür, hatta intihar eder, bu da bir seçimdir…

Karmakarışık üç mesele, sevmek, özlemek, ölmek…

Daha bunun aşkı, ayrılığı, nefreti, bencilliği, kibri…

Olaylar, olaylar. Ne sorunlu bir canlıyız lan biz…

Bence insan olarak kendimizden tiksinmeliyiz. Çünkü

yaratılışımızdaki masumiyeti kaybettik. Ne zaman ki kendimizden tiksinir ve birer pisliğe dönüştüğümüzü anlarız, işte o zaman bu yeryüzü daha güzel bir yer olur...

Şimdi yüksek sesle tekrar edin: "*Ben bir pisliğim!*"

Sonra daha yüksek sesle: "*Bütün insanlar birer pisliktir!*"

Bazıları hariç...

YALNIZLIK HASTASI

Ben seni sistemli bir şekilde seviyorum. Gündüz meşgul olduğum işlerin arasından sıyrılıp aklıma gelemiyorsun. Ben seni sadece geceleri özlüyorum. Bazen sigara içerken aklıma geliyorsun. Birkaç nefeslik sigara dumanı kadar hatırın var bende…

Yozlaşmış bir hayatın içinde, çürümeye yüz tutmuş anılarımla yaşıyorum. Aslında hızlı bir şekilde gözyaşlarımı kaybediyorum. Bir şeylerden kaçıyorum. Yurtsuz bir mülteci gibiyim. Yabancı ülkelerde, hiç bilmediğim lisanların arasında lisanımı kaybediyorum…

Altı yaşında bir çocuk gibiyim. Ama oyuncaklar avutmuyor beni. Bedenimi bir köşeye bırakıp, çekip gitmek istiyorum kimselerin olmadığı ıssız yerlere. Artık tanıyamıyorum kendimi…

Panik ve öfkeli bir şekilde hoyratça harcıyorum hayatımı. Hiçbir şey gibi hissediyorum kendimi. Varoluş neden bu kadar acı verir ki insana?

GÖKYÜZÜNDE KUŞLARIM ÖLÜYOR

YERYÜZÜNDE BEDENİMDEN ÖNCE RUHUM ÖLÜYOR…

Tuhaf şiirler var ezberimde. Kalabalık yerlerden kaçıyorum. Yalnızlıkla sevişiyorum, eskisi gibi tat vermiyor yalnızlık bana. Eskisi gibi bedenimi ısıtmıyor. Eskisi gibi gerçekçi değil. Yalnızlığım bile sahteleşti artık. Yalnızlığım tedavülden kalkmış gibi…

İÇ SES BOŞLUĞU

Yazın sıcağından bunalmış balkonda oturuyorum. Sokakta mahalle maçı yapan çocukları izliyorum. Biraz ileride "Patates soğan!" diye bağıran seyyar satıcı birkaç kilo daha satabilmek için mesken tuttuğu yerde bekliyor. O anda bir arabanın kornası başka bir arabanın fren sesine karışıyor.

Çocuklar, satıcı, korna, fren sesi...

Kendimi odamın içine atıyorum. Yüzükoyun uzanıyorum yatağıma. Gözlerim kapanıp hiç açılmamak istiyor aslında. "*Ah bir de başarabilsem bunu!*" diye fısıldıyorum. Avazım çıktığı kadar bağırmak varken...

Ellerime bakıyorum, 25 yaşında bir adamın elleri mi bu? Yoksa genç bir bedende hapis düşmüş, yaşlı ihtiyar bir hattatın elleri mi? Bilmiyorum...

Dudaklarıma kondurduğum sigaramı yakmak için çakmağı arıyorum. Sonra birden vazgeçip, hışımla sigarayı kırıp odanın ortasına fırlatıyorum...

O an aklıma antiloplar geliyor...

Aslanlar...

Filler...

İnsanlar...

Ve insancıklar!

İnsancıkları düşündükçe çıldıracak gibi oluyorum. Aklıma fikrime mukayyet olamadan kafamı tahta bir yıldıza çarpıp kendimden geçmek istiyorum...

Uzay boşluğu...

Hayat boşluğu...

Kader ve keder...

Kavramlar ve kargaşaya sürüklenen kelimeler zihnimden gözlerime vurup, katlanılması güç bir acı bırakıyor omuzlarıma. Parmak uçlarımı tavana doğru uzatıp cümlelerin tavanda ritimsiz bir müzik eşliğinde dans etmesini izliyorum. O sırada kulaklarımdaki gürültü gittikçe çoğalıyor. Zihnimin meydanına tanklar yürüyor. Düşüncelerime sahip çıkamıyorum, yüreğimin içinde kendi kendime ihanet etmişken...

Ardından bu aptal oyundan da sıkılıyorum. İntiharı düşünüyorum! Fiziksel olan bir intihar değil ama. Düşüncelerimi, fikirlerimi, çok şey bildiğini sanan cahilliğimi. Bütün kötü yanlarımı yüksek bir boşluktan atmak istiyorum. İnsancık sıfatımdan sıyrılıp artık insan olmak istiyorum...

Ama zor geliyor...

6. Beynimin *içinde kalabalık bir belediye otobüsü var...*

Gece ile gündüz arasındaki en kısa mesafeyi sahipleniyoruz. Hızlı bir şekilde uzaklaşıyoruz birbirimizden, içimizde çığ gibi büyüyor dipsiz uçurumlar. Uzun bir seyahate çıkacakmış gibi tebessümlerini toplayıp ceplerime dolduruyorum. Zamansız kimyasal bir komaya giriyorum. Damarlarıma enjekte edilen zehir bütün hücrelerimi hızlı bir şekilde kuşatıyor. Adım atamıyorum, adımı unutuyorum...

Artık... ne senden bana kalan bir tebessüm izi var ne de benden sana kalan küçük bir dudak izi var. Şimdi gecemin karanlığı sana emanet! Düşlerinden öptüm, düşlerimde kal!

DÖRT HARFİ EKSİK ALFABE

Dilimde berbat bir şarkının nakaratı, yalnızlık nöbetinde vardiya değişimini bekleyen bir işçiyim. Sen uyuyorsun, ben hâlâ körkütük sana uykusuzum. Şimdi ben sana hangi cümleyi kurmaya kalksam, bütün harfler elimde kalıyor. Alfabem parçalanıp yerlere dökülüyor. Dayanamadığım bir ağrı giriyor belime, hızlı bir şekilde ciğerlerime vuruyor. Yerimden kalkamıyorum, köşe başı muhabbetlerinde anlatacak hikâyesi olmayan mahallenin yeni çocuğuyum ben. Bu semtte beni kimse sevmiyor...

Aptalca rüyalar görüyorum, gecenin bir yarısı yalnızlık koynuma giriyor. Sonra sana küsüyorum, sabah olunca küskünlüğüm yerini kırgınlığa bırakıyor. Gözümü açar açmaz seninle barışıyorum. Ama senin bundan haberin yok, zaten senin hiçbir zaman bir boktan haberin olmadı ki...

Küfrün saygı duyulduğu bir memlekette yaşıyorum

Artık kusuruma bakma

İçimi deştiğin yerden siktir olup gidebilirsin...

Öptüm...

7. Yeryüzünde çikolatalı gofretin tadını bilmeyen çocuklar var...

Çikolatalı gofret yedikten sonra aklıma geliyorsun, sonra ben saksılarla konuşuyorum. Akvaryumdaki balıklarla dertleşiyorum. Bazen göğüskafesimde filler tepiniyor, bazen Ortadoğu misali yüreğim tam ortadan etnik aşklara bölünüyor. Sol yanımda koparken sancısı süründüren bir söz bombası. Ruhum düşüyor bedenimden. Ardından aydınlığa tepki olarak, Afrika'da karanlık bir mülteci çadırında yeniden hayatın rahminde canlanıyorum...

Kurak bir toprak!
Soğuk bir mevsim!
Gözleri kan çanağı bir kadın!
Ve bir çocuk, Allah'a hasret!
Tutturmuş bir dua gökyüzüne doğru: "Bir kere de gelseydin keşke!"

KUTSAL YALNIZLIKLAR

Ne vakit bir yıldızı penseyle söksem gökyüzünden sen yoktun!

Aslına bakarsan ben de yoktum.

Çırılçıplak bir toplumun içinde çırılçıplak seviyordum seni!

Yani toplum alışıktı bu duruma, bir tek devlet alışık değildi. Zamanla onlar da alıştı hatta bir süre sonra biz giyinmeye başladık! Devlet zorla soydu bizi, kalplerimizin ırzlarına geçtiler ve bunun adına da ileri demokrasi dediler, daha ileri demokrasiyi düşünmek bile istemiyorum...

Allah'a tam teslimiyetle bağlı olan bir çocuk vardı içimde, tilkinin dönüp dolaşıp geri geldiği kürkçü dükkânı gibi, ben de dönüp dolaşıp içimdeki çocuğun avuç içlerine geri geliyordum. Yani ben hangi yola girersem gireyim, başıma gelen her musibetten sonra ibre Allah'a dönüyordu...

Oysa her yol O'na çıkıyordu...

Bak dua ediyorum. Sakın avuç içlerimden öpme, Allah'la arama girme...

Zavallı sevgilim…

Zavallı ben…

Kendimi anlatabilmem için yeterli dilbilgim yok! Ama yine de olsun, bak ben yine bütün şiirlerden ve bütün kutsal yalnızlıklardan kaçıp sana geldim.

Sana olan düşkünlüğüm alışkanlık değil…

Yine de insan bazen alışkın olduğu şeyleri özlemle arıyor. Bir sigara markası, bir kitap, bir dergi, bir kahve ve hatta bir insan! Belki ben de kendimi kandırıyorum. Benim alışkanlığımsındır sen, kendime itiraf etmeye korktuğum. Ben de diğerleri gibiyimdir, takıntıları olan, vazgeçilmezleri olan ve eninde sonunda hepsini bir anda kaybeden! Bazı şeyler birden kaybedilir, "*Nasıl kaybettim, ne ara oldu?*" diye düşünüp dururken, giden çoktan gitmiştir…

Şimdi HİÇ ettiğin bir tarih kitabının sayfa aralarında, isimsiz kahraman bile değilim…

GECE SANCISI

Uzun zamandır hiçbir şey yapmak gelmiyor içimden. Kitap okuyamıyorum. Müzik dinleyemiyorum. Öyle tuhaf bir halin içindeyim ki, uyurken bile canım sıkılıyor artık. Kitaplığımda duran Dostoyevski'nin *Budala* adlı eserinin ikinci cildini alıyorum elime. Eviriyorum çeviriyorum. Kaldığım yerden okumaya devam etsem mi acaba diye soruyorum kendime. Arasına kalem sıkıştırdığım sayfayı açıyorum Prens Mişkin karşılıyor beni: "*Her* şeyi düzeltebilirim yalnız konuyu değiştirebilsem." Uyuz oluyorum bu cümleye, kitabı kaldırıp yerine koyuyorum. Aslında doğru bir cümle, çünkü benim de sorunum aynı. Konuyu değiştirememek...

Balkona çıkıyorum, canım ne çay içmek istiyor ne de sigaraya gidiyor elim. Saat 00.40, dışarıda yüksek sesle şarkı söyleyen üç gence uyuz oluyorum. Gayriihtiyari avazım çıktığı kadar bağırıyorum "*Gençler saatin farkında değilsiniz galiba, kaybolun lan!*" Ters cevap vereceklerinden eminim. Ters cevap versinler de aşağıya ineyim birkaç yumruk sallayayım, sonra da ağzımı burnumu kırsınlar istiyorum. Belki can sıkıntım geçer. Zaten fizikleri de yerli yerinde, pek fazla şansım olmaz karşılarında. Ama umduğumu bulamıyorum. Gençlerden birisi elini kaldırıyor, "*Abi çok pardon, gidiyo-*

ruz iyi geceler..." diyerek iki arkadaşını da alarak uzaklaşıyor. Arkalarından şaşkın şaşkın bakıyorum. Birisi bana "*Lan!*" dese ana avrat küfrederim. "*Tüh!*" diyorum içimden. Keşke küfretseydim. Mağlup ve incinmiş bir general gibi balkondaki iskemleye oturuyorum. "*Lan bari sigara içeyim...*" diyorum. Uzanıp balkonun kenarında duran Winston paketini alıyorum. Sigara paketini evirip çeviriyorum. İşte o an harbi deliriyorum, "*Allah belanı versin benzinci!*" diyorum. Verdiği sigara paketine mal mal bakıyorum. Zifir 1 mg, nikotin 0,1 mg, karbon monoksit 2 mg. Köpeğe versem o bile içmez lan bu sigarayı! Üç sigarayı aynı anda yakıp içime çekiyorum tık yok. Duman gelmiyor sigaranın içinden. 20 dalı toplasan bir dal Parliament etmez. Hışımla yarısını sabah içtiğim soda şişesinin içine atıyorum sigaraları. Paketi de camdan aşağı fırlatıyorum. "*Boku yedim!*" diye söylenmeye başlıyorum. Sigara da yok hayatta uyuyamam. Çıkıp sigara almayı çok istiyorum ama o kadar çok üşeniyorum ki, çişim gelse tuvalete bile gidemem bu üşengeçlikle. Kalkıp içeriye giriyorum. Kitaplığa göz atayım belki bir yerde bir dal sigara vardır diye kitaplığa göz gezdirmeye başlıyorum. Bütün raflara teker teker bakıyorum. Tam vazgeçecekken Kafka'nın Şato adlı kitabının üstünde tozlanmış bir dal sigaraya gözüm takılıyor. Dünyanın en değerli hazinesini bulmuş gibi seviniyorum. Hem de Parliament...

Sigarayı tam yakıp ilk fırtı içime çekmişken öyle bir hıçkırık tutuyor ki, bütün evren, bütün kitaplar anlamını yitiriyor gözümde. Derin bir nefes alıp tutuyorum. Ve korkarak ikinci fırtı çekiyorum. "*Hık, hık, hık!*" Kurulu saat gibi hıçkırmaya başlıyorum. Ama bu sigarayı mutlaka içmem lazım. Huzura kavuşmam buna bağlı, derin bir nefes daha alıyorum. Nefesim kesiliyor geberecek gibi oluyorum. Sinirle soda şişesine basıyorum elimdeki son sigarayı da. Ardından kilitlenip kahkaha atmaya başlıyorum. Kilitlenip kalmış bir şekilde yatağa uzanıyorum. Gözümden yaş geliyor gülmekten. Yavaş yavaş da uykum gelmeye başlıyor. Ben gülüyorum, uykum geliyor. Kahkaha ata ata karanlık bir boşluğa dalıp gidiyorum...

Öfkeli küfürbaz yağmur
Sözleri anlamsız gelen bir şarkı
Şimdi "seni seviyorum"
En bilindik şiir artık.
Sokakların esaretinde serseri bir çocuk
Bir türkü tutturmuş gecenin koynunda
"Seni seviyorum"
Aptal bir kral, önemsiz bir soytarı
Altmış yaşını devirmiş intiharı düşünen felsefe öğretmeni
Yeniyetme ilkokul talebesi
Hepsi, hepsi "seni seviyorum"
Yaratılış katında tüm insanlara ezberletilmiş sanki!
Halbuki "sen" kimsin
Ve herkes tarafından nasıl böyle sevilirsin
Çelişkili bir ifade yığınının acınası son cümlesi gibi
"seni seviyorum" ne garip!

İÇİMDEKİ CESET

Hiçbir katil, mahkeme salonundan idama hüküm giymiş olarak çıkmıyor. Ben de bu yüzden rahatım. İçimdeki bütün kadınları hiç tereddüt etmeden öldürüyorum…

Huyun suyun kurusun! Gözlerime bakman beni yeni cinayetlere sevk ediyor. Bütün çakralarıma kokun sinmiş. Sarhoş bir palyaçonun muzipliği var üzerimde. Anla beni iç yorgunluğum. Aklıma dudakların takılmış bir kere, istesem de gözlerinden öteye gidemem…

Gökyüzü çırılçıplak! İçime oturmuş bir masal telaşı. Şimdi hangi cesede dokunsam ölüm beni yanına çağırıyor…

Tüh! Bu masalın sonu da berbat bir yere çıktı…

BİR AVUÇ TOPLUM

Hiçbir şeyin doğru düzgün gitmediği, her şeyin kötü, daha da kötüye gittiği bir zamanın içindeyiz. İpe sapa gelmez adamların kişisel egolarına kurban edilen bir gezegenin, kırgın, mağlup ve de gururlu insanlarıyız…

Doğumlarımız sancılı, yaşamımız bu kadar sahte hayat senaryolarıyla kuşatılmışken, aşka dair şiirler yazmak ahmaklıktır. Koşar adımlarla ölüme gidiyoruz, acıları ve de haksızlıkları hissetmiyoruz…

Ağzı yalan dolu erkekler ve dudaklarına çekici renkli rujlar süren kadınları izliyoruz. Kapkara bir kutunun içinden…

Kimse kimseye hesap soramıyor. Yanı başımızda yaşanan olaylara bile gözlerimizi kapatmış durumdayız. Ellerimizle ruhumuzu kapkara, soğuk ve de ıssız toprağın içine gömüyoruz. Canımız sıkıldığında hep birilerinin yanımızda olmasını istiyoruz. Kendi kendimizi bile yönetip, yönlendiremiyoruz…

Hepimizin yüreğinden ağır yaralı cesetler geçiyor, hepimizin aklının içinde yalan bir hayat hikâyesi işleniyor. Belki de bu yüzden acılara karşı duyarsız, onursuz ve de haysiyetsiz yaklaşıyoruz…

İnsanların dertlerini anladığını zannedenler bile bir bok anlamıyor aslında, sadece kendilerini kandırıyorlar. Bir çocuk ölüyor, bir anne ölüyor, bir baba ölüyor ve en berbat yanı da ölen onca çocuk başka birilerinin çocukları tarafından öldürülüyor...

"Aşk" diyoruz! Aşkın bedenlerden ibaret olduğunu sanıyoruz. Sonra bir arkadaş çevresinde ya da bir topluluğun içinde, "*Güzelliğin ne önemi var, paranın ne önemi var?*" diye kendimizin bile inanmadığı boktan yalanlar söylüyoruz. Yalanlar söylediğimiz kişiler de bizler gibi aşağılık, bu yüzden kimse çıkıp da, "*Yalan söylüyorsun!*" diyemiyor. Kendimizi kandırmaktan birkaç adım öteye gidemiyoruz. Bazen olumsuz şeyleri görüp üzülüyoruz, evet gerçekten üzülüyoruz ama üzüntümüz bile bir süre sonra haysiyetsiz duygulara bırakıyor yerini. Herkes birbirinin arkasından konuşuyor. Atıp tutuyor, sayıp sövüyor. Ve kişiliksiz, değersiz bir yığın haline geliyoruz...

Yüzlerinize taktığınız maskelerle etrafa gülücükler dağıtıyor ve yalanlar söylüyorsunuz. Yetmezmiş gibi adi bir şekilde insanları yargılıyorsunuz. Hayatı tükettiğiniz gibi aşkı da tüketiyorsunuz. Aşkı filmlerde, kitaplarda ve şarkılarda anlatıldığı gibi zannediyorsunuz. Oysa hiçbiriniz aşkın ne olduğunu bile bilmiyor. Sistemin size öğrettiği gibi seviyor ve sistem neyi dayatırsa onu kabulleniyorsunuz...

Kendinizin bile inanmadığı süslenmiş yalanları seviyorsunuz. Hepiniz etrafınıza tebessüm saçan birer yalancısınız, utanmadan dostlarınıza, sevgililerinize ve eşlerinize yalanlar söyleyip hiçbir şey olmamış gibi yaşamaya devam ediyorsunuz...

PİA

"Aslında her şey güzel olabilir..."

Gerçi biliyorum bazı şeyler hoşuna gitmiyor sevgili Pena,
Pia, Paris adın her neyse...

Ölesim var Pia...

Gece çökünce içimdeki putlar diriliyor, kalbimde arsız bir yalnızlık. Nefes alamıyorum geberiyorum Pia.

Hayat kalabalık bir caddeye benzermiş, hangi kitapta okudum bilmiyorum ama, yakasım geliyor bütün kitapları.

Ölü gibiyim ve köpekler gibi yalnızım Pia, ahşap bir uçaksavarla gökyüzündeki kuşları avlıyorum. Ben bir tek senin *adını biliyorum. Benim adım hiçbir lisana yakışmıyor Pia...*

Gidesim var Pia...

Hiç kimsenin bilmediği, toplumun topluca göç ettiği yerleşim birimlerine gitmek istiyorum. Tut elimden beraber kitap okuyalım, tebessümün kalemimin cephanesi olsun Pia...

Seni sevmek iki ayağı sakat bir kedinin hayata tutunması gibi. O derece zor, o derece intihara meyilli...

Hayatım karanlık bir boşluğa açılıyor. Ne yana dönsem, uhrevi bir düzensizlik almış başını gidiyor. Yüreğimin tümeninde kaçak bir asker kurşuna diziliyor. Çıldırıyorum Pia...

Sonra, sonra, sonra...

Sonrası yok işte! Aklım, kuşların kanatlarında uçup gidiyor. Ben hangi diyarın yolcusuyum. Sen hangi diyarın hancısısın. Ahşap bir şarap kadehinde tükeniyorum...

Geleceğim almış başını gitmiş. Geçmişim muktedir acıların avuçlarında, sıfatsız ihtiyar bir ayyaşım dudaklarının kıvrımlarında...

İlkel bir karanlık sinmiş gözkapaklarıma. Uykuya hasretim, ama uyuyamıyorum Pia. Ben gözlerimi kapattığımda belki gelirsin. Ve ben seni göremem diye uyuyamıyorum. Köpekler gibi uykusuzum Pia...

Gövdem yan yatmış yavaşça batan eski bir korsan gemisi gibi. Yaralarım senden, acılarım senden. Senin açıklarında gözlerinin menzilinde batıp gideceğim...

Kalbimi eziyorsun Pia...

Pimi çekilmiş bir el bombası gibi gezinip duruyorsun yüreğimin sınırlarında. Artık tahammül edemiyorum sana. İçime sinen bu korkuyu bitir. Ya yüreğimin içinde patla, ya da daha fazla korkutma beni...

Hiçbir adi ve düzensiz sisteme bile yakışmaz senin bu arsızlığın. Kana susamış İsrail devleti gibisin Pia. Yüreğim Gazze, yüreğim Ortadoğu'da annesiz bir çocuk gibi...

Saygın acıların içerisinde, fiyakalı yalnızlığımı altüst

etme. Topu topu kısa bir hayatın emanetçisiyim. Sevmek, sevilmek bana göre değil, ne olur aklımı daha fazla kurcalama...

İçimde deli bir boşluk var Pia...

Dünyayı yerinden oynatıp, isim taktığım yıldızlara sarılıp ölesim var. Biliyorum sen bana tahammül edemiyorsun. Ben de senden kalan bu paçavralarla yontulmuş hayata tahammül edemiyorum. Gördün mü bak, ikimizin de bir ortak noktası var...

Anlamlardan, cümlelerden, sözcüklerden sıyrılıp ciltler boyunca sıralanmış anlamsız bir kâğıt yığınıyım. Hayatı israf eden hoyrat bir ölümlüyüm. Ruhum ölü, bedenim sanki bana ait değil. Tanıyamıyorum kendimi...

Sen milyonlarca şekle bürünen bir hayale benziyorsun. Benim kendimi anlatacak cesaretim yok Pia...

Kulaklarımın içinde yasaklı bir ayinin uğultusu...

Sürekli Rabb'ime tövbeler edip, tövbelerimi bozuyorum Pia. İmanım sarsılıyor...

Ama Rabbim affeder biliyorum. O herkesten daha merhametli, O en büyük merhamet sahibidir. Yine de kendimden, Rabb'imden, yeryüzündeki hayvanlardan bile utanıyorum Pia. Sen incecik bir çizgi çekmişsin hayatıma. Keşke paslanmış jilet parçaları koysaydın yoluma...

İnsanlar delirmiş gibi hareket ediyor. Yine de benden akıllılar. Şuursuzluğum sana emanet Pia...

Bir masal âleminde, zincirleme bir trafik kazasında seninle çarpışıyoruz. Göğüskafesim paramparça. Başın omuzlarımda, alnından akan kanın içime sızıyor Pia...

Hayat ve ölüm arasındaki çizgideyiz seninle...

Yavaş yavaş gözlerim kapanıyor. Ölümü hissediyorum. Omzumdaki hayatı hissediyorum. Kurak bir çölden yağmurlarla yıkanmış bir diyara gidiyoruz seninle. Elin avuçlarımın içinde. Başın omzumda, alnından akan kanın içime sızıyor. El ele ölüyoruz Pia...

Artık gökyüzünde kopsun İsrafil'in suru. Nasıl olsa biz el ele tutuşmuşuz seninle. Hem de yağmurlarla yıkanmış bir diyarın eşiklerinde...

Yani sen...
Kaburga kemiklerimin arasında saklambaç oynayan bayan hiç kimse
Gözyaşlarımın hızına yetişebilmek için, içimi baştan sona ateşe vermen gerek!

"Ellerine sağlık, bu acı böyle güzel olmuş..."

Bütün şehir yalnızlık nöbetinde
Gökyüzünde hangi mevsimin kokusu var anlamıyorum.
Fazlasıyla yorgunum
Ölüm selam verir gibi geçiyor hayatımdan.
Aynalarda yüzümü göremiyorum...

KOMŞU KIZI

Benim mahalle kavgalarında eskittiğim bir çocukluğum vardı. Misket savaşlarını vatan müdafaası sayan, mahalle aralarında bulunan küçük toprak arazilerde futbol topunun peşinde eskittiğim ayakkabılarım vardı. Bayramda harçlık toplamaya çıkan ama hep şekerle dönen, derslerini hep asan ve bunca yoğunluğun içerisine komşu kızına âşık olmayı sıkıştıran. Ve saçma sapan aşk cümleleri kurmaya çalışan, bir çocuktum işte...

"*Büyüdüm pek fazla değişen bir şey olmadı, yine saçma sapan cümleler kuruyorum ve hâlâ biraz komşu kızına âşığım.*"

İMZA ÇİZİĞİ

Gırtlağına kadar intihara saplantılı bir papazın tenindeki imza çiziği gibiyim. Ruhumun içinde patlayan hicaz makamında ezan sesleri, çan sesine karışan bir çığlık. Bir çocuk 25'inde hâlâ kırılan oyuncaklarına ağlar…

Yıldızları ihanet kokan bir gece…

Çığlık içinde esaret…

Esaret içinde düzenbaz bir gezegen…

Kimyasal bir zehir içimin derinlerinde. Yüzümü sızlatan sayısız antidepresanın verdiği huzur. Oysaki bilirim, huzur ölümle eşdeğerdir. Düş'eşidir kalbin paravan kaplı odalarında atılan zarların küfürle yoğrulması…

Sahi ben gelmeden önce, sen hiç yalnız başına Neptün'de çay içmeyi denedin mi?

Sonra "sen" diyorum!
Düştükçe düşüyorsun yüreğime.
Çığ gibi
Çığlık gibi
Ardından göz çukurlarımda kopuyor sessiz bir yığının
Berbat gürültüsü!
"Sen" diyor hep bir ağızdan!
Gelip ellerimi tutmazsan!
Ebu Leheb'in laneti bana okunacak!

İÇİMDEKİ BEBEK

"Sen incinirsen, ben ağlarım."

Benim içimde katil bir bebek var. İçimden bir türlü çıkartamıyorum. Öldürmek istiyorum onu, bırakmıyorlar beni. İlla kendi çıkacakmış dışarıya. Beni öldürmesinden korkuyorum. Şimdi çıkartırsam onu dışarıya, ben onu öldürmüş olacağım. Ama onun çıkmasını beklersem o beni öldürecek...

Aslında beni delirten şey ölmek. Ölümden korkuyorum ama aynı zamanda da intihara meyilliyim. Kendimi öldürme fikri bana çok cazip geliyor. Ama bebek kabul eder mi bunu? Peki kabul etti diyelim, ötenazi mi olur yoksa cinayet mi?

İçimdeki katil bebeğin günden güne beni tüketmesini izliyorum. Bundan sadist bir zevk alıyor. Her türlü halt hakkında bir fikri var içimdeki bebeğin. Beni bile benden iyi tanıyor. Bazen iyi anlaşıyoruz aslında. Saçma sapan hikâyeler anlatıyor bana. Sesimi çıkarmadan dinliyorum. Ara sıra akla hayale gelmeyecek küfürler ediyor, gülüp geçiyorum. Sinirlendirmek istemiyorum onu. Çünkü ne zaman sinirlense deliler gibi ağlamaya başlıyor. Ağlamasına tahammül edemiyorum. Çünkü ağlamaya başladığı zaman ondan önce dengemi kaybeden ben oluyorum. Kollarımda güç kalmıyor. Beynim zonkluyor, hiçbir ağrıkesici engellemiyor bu ağrıyı. Sonra şuurumu yitiriyorum. Gözümü açtığımda hiç bilmediğim yerlerde buluyorum kendimi. Tuhaf bir uyuşukluk hissediyorum bütün vücudumda. İşte sadece o zaman bebeğin sesi hiç çıkmıyor. Bunu ilk fark ettiğimde mutlu olmuştum. Oysa bir insan mutlu olduğunu nasıl hisseder bilmiyorum. Hissetim herhalde. Bebeğin sesinin çıkmadığını fark ettiğimde, öldüğünü zannettim. İçimde garip bir sessizlik vardı. Ama sonra bebeğin sesini duydum, bana "*Merhaba...*" dedi. Ve o an içimdeki bebeğin ölmeyeceğini hatta hiç doğmayacağını anladım. O öldürülemezdi ve doğurulamazdı. Onu susturmanın tek yolu, kendimi susturmamdı. Eğer onu öldürmek istiyorsam önce kendimi öldürmeliydim. Ama yapamadım...

Şimdi her sabaha içimdeki bebekle uyanıyorum. Gözümü açar açmaz bana "*Merhaba...*" diyor. Ben cevap vermiyorum. Sonra ağlamaya başlıyor. Ve bu böyle sürüp gidiyor...

Hani diyorum bir gün aynı şehrin aynı sahilinde ansızın
buluşuruz seninle. Sen tebessüm edersin
Benim nutkum tutulur. Sonra, sonra ölmek serbest...

Çay varsa sorun yoktur.
Bir de yanında sigara varsa.
Bütün sorunlar hallolmuştur...

CAM KENARI

Soğuk ve sıkıntılı bir aralık akşamı, diyorum ki sevgili, yıllardır düzeltemediğim ve kimsenin okuyamadığı o berbat elyazımla bir mektuba konu olursun. Belki araya birkaç cümle Rimbaud sıkıştırırım ya da birkaç mısra Zarifoğlu. Çünkü sen beni herkesten iyi bilirsin. Amaçsızca yazdığım onlarca şiir varken, senin için doğru dürüst pek fazla bir şey karalayamadım. Ben sana ne zaman şiir yazmaya kalksam, hep ellerim bileklerimden süzülen keskin bir ağrı ile boşluğa esir düştü. Bir türlü doğru kelimeleri bulamadım seni anlatabilmek için. Hem zaten sen benim için *Grimm Masalları*'nda yolumu kaybettiğim karanlık orman gibiydin. Koşa koşa ağaçlarının gövdesine sarıldığım ve ağlaya ağlaya korkup kaçarken düşüp dizlerimi kanattığım. Bütün okyanusları sen kendi sınırlarının içerisine esir etmiştin. Hazar Denizi saçlarından akıyordu. Nil parmaklarının uçundaydı. Benimse tek cümlelik gereksiz mısralarım ve ne işime yarayacağını bilmediğim bir çocukluk hayalim vardı…

Şimdi ne zaman cam kenarı yolculuklarda başımı otobüs camına yaslasam aklıma çocukluk hayalim gelir…

Dipsiz bir uçurumun kenarındayız. Hızlı bir şekilde düşüyoruz. Bazılarımız düştüğünün bile farkında değil, kahkaha atarak dibe doğru yol alıyoruz. Fiyatlandırılmış aşkların içinde satılık barkodlu köleleriz. Birbirimizin egolarını tatmin edip yalanlarına ortak oluyoruz. Hayatın anlamını arka plana atarak ayaklarımıza bağladığımız taşlar ile dibi boyluyoruz. Bir şeyleri yok sayıp, bir şeyleri öldürüyoruz içimizde.

BEN SANA MASALLAR ANLATAMAM BAYAN

Anlatacak çok şeyimiz var aslında, tam anlatmaya başlayacakken hep bir şeyler ters gidiyor. Ve nereden başlayacağımızı unutuyoruz...

Tahmin ettiğiniz kişi değilim ben bayan. Öyle standart mutluluklarım yok benim. Pek fazla gülecek bir şey bulamıyorum bu hayatta. Benim standart bunalımlarım ve standardı aşan yalnızlıklarım var. Siz benden aklımdan geçenleri anlatmamı istiyorsunuz bayan. Ama benim aklım tarih savaşlarını anlatan ilkokul kitapları gibi. Başını alıp gidiyor ara sıra. Sonrasını hatırlamam çok zor oluyor. Ya Kadıköy'ün izbe otel odalarında buluyorum kendimi ya da Karadeniz'in avuçlarının kenarında bir balıkçı kasabasında. Pek fazla bir şey hatırlamıyorum kendime dair. Zaten sırf bu yüzden yazıyorum bayan. Unutmamak için. Hatırlamak için. Anlıyorsun değil mi beni bayan? Lütfen anlıyorum de!

Ben zannettiğiniz kişi değilim aslında...

Bir gün bunu anlayan birkaç kişi olacak.

O gün benim aklımı alıp gittiğim gün olacak.

Belki de arkamdan o birkaç kişi, "*Yazık daha çok gençti!*" diyecek...

Bense kısık sesle şarkıların mırıldanıldığı bir Karadeniz kasabasında, yaşlı bir verandada uyuyacağım. Ve hiç uyanmayacağım...

Ki sen! Cinai şiirlerimin sebebi
Bilinmeyen bir mezara gömülmüş günahkâr hazinem!
Surlarında şehit düştüğüm şehrim!
Alnımı secdeye koyduğum toprağım!
Ki sen! Şehrimin surlarında dalgalanan bayrağım!
Müjdelenen fetihte aşkla kutsanan ilahi armağanım!
Azizem
Aşkım
On iki havarim.
Aforoz edilmiş bir şairin son şahadeti
Hiç gelmeyen kadınım!
Rabb'imin de dediği gibi:
"Külli nefsin zaikatü'l-mevt."

BÖLÜM 2:

DİBE VURANLAR

"Sanırım benim en büyük derdim, hiçler arasında bir hiç olduğumu kendime yedirememek."

– Henry Miller

Kalabalık, koca bir şehrin içinde sıkışıp kaldım.
Hayatı çok pahalı yaşıyorum.
Ve bunun sonucunda ucuz yaşlanıyorum.
Kafamda kurduğum kaçıp gitme hayalleri,
günden güne çürüyor.
Sonra hiçbir şey yapamamanın çaresizliği yüzünden şarkılara sığınıyorum...
Büyük şehirler, diyorum doktor!
İnsanı neden bu kadar yoruyor?

BAYAN HİÇKİMSE

"Anlamsız Aşklar Ansiklopedisi'nde tanıdım seni. Tarihe dipnot düşülmüş en güzel dudaklara sahiptin sen. Bense boktan bir acıyla yanıp tutuşuyordum. Seni öpersem bütün acılarımın dineceğini zannediyordum. Ama hiçbir tarih kitabında seninle yan yana gelemiyordum."

"Ah o adalet dedikleri boktan şey!" dedi.

Usulca sokuldu yanıma, elimi tuttu. Hava buz gibi olmasına rağmen birden yaz mevsiminin içine düşmüş gibiydim. Parmaklarımı okşadı bir süre, delirmek üzereydim.

"Benimle ne işin var senin?" dedim, üzerine de ekledim: *"Parmakların çok güzel."*

Birden gülmeye başladı, ama öyle böyle değil. Kahkaha atarak çılgınlar gibi gülüyordu. Sokaktan gelen geçen herkes aşağılayıcı ve yargılar gözlerle bize bakıyordu. Ne yapmam gerektiğini bilmiyordum. Benim de çılgınlar gibi gülmem mi gerekiyordu? Yoksa bir an önce arkama bakmadan kaçıp gitmeli miydim? Bir şey yapmam gerekiyordu, ben de hiçbir şey yapmamaya karar verdim. Sadece bekledim, sonuçta hiçbir şey yapmadan beklemek de bir şey yapmak demektir.

Ben sessizce bekledim. O kahkaha atmaya devam etti. Sonra birden durdu, ciddileşti. Üzülmüş gibi bir hali vardı ve birden ağlamaya başladı. Hem ağlıyor hem de küfrediyordu. Ben yine bir şey yapmadım, o ağladı, ben bekledim, o küfretti, ben bekledim...

Sonra ani fren yaparcasına ağlamayı bıraktı.

– Hadi gidelim, dedi.

– Nereye?

– Bir önemi var mı?

– Yok, dedim.

– Hiçbir yere gitmeyi biliyor musun, dedi.

Soruyu tam merkezinden vurmuştu. Hiçbir şeyin yeryüzündeki şubesi gibiydim. Koca bir hiçtim, sıfıra vuran, diplerde dolanan. Hiçbir şey uğruna her şeyi bırakan, ama hiçliğin olduğu yeri bulamamıştım henüz...

Cevap vermemi beklemeden:

– İleride park var biraz oturalım, dedi.

Evet veya hayır demedim. Elimden çekerek parka doğru sürüklemeye başlamıştı bile beni. Saatin kaç olduğunu bilmiyordum. Ama hava karanlık ve soğuktu, üç beş sokak köpeğini saymazsak parkta bizden başka kimse yoktu. İlk gördüğümüz banka oturduk. Ben arkama doğru yaslandım, o da başını omzuma koydu.

– Kim olduğumu sormadın, dedi.

– Bir önemi var mı, diye cevap verdim.

– Yok, böylesi zaten daha iyi, diye karşılık verdi.

Sonra sustu. Ben de susmayı tercih ettim. Gerçekten de böylesi daha iyiydi. Cebimden iki sigara çıkardım. İkisini de yaktım. Birini ona uzattım. Reddetmedi. Sırtım soğuk banka yaslanmış, gözlerim karanlığın içinde hiçlikle savaşıyordu. Ve omzuma başını yaslamış bir kadın vardı...

Soğuk, karanlık ve kimselerin olmadığı bir parkta, birbirimize kenetlenmiş iki kişiydik. Sokak köpekleri bile rahatsız etmiyordu bizi, çünkü biz de onlardandık. Başımı önüme eğdim. Gözkapaklarım kapanıyordu. Üzerime çöken uykuya karşı koymadım...

Ne kadar süre o bankta uyudum bilmiyorum. Ama fazla uzun bir süre olamazdı. Gözümü açtığımda bankta tek başımaydım. Ayağa kalkıp çevreye göz gezdirdim. Yoktu, gitmişti. Belki gelir diye bir süre bekledim. Gelmeyeceğini biliyordum ve gelmedi de. Sonra kalkıp parktan çıktım. Bir sigara yakıp, anacadde boyunca yürümeye başladım...

O sırada başlayan sağanak yağmur, beni hedef seçmişçesine üzerime yağıyordu. Bense aldırmadan yürüyordum...

DİBE VURANLAR

Çevremdeki bütün insanlar hızlı bir şekilde delirmeye başlıyordu. Sıranın bana ne zaman geleceğini merak ediyordum. Peki bana sıra geldiğinde ben ne *yapacaktım? İhsan gibi bir binanın tepesinden aşağıya mı atacaktım kendimi? Ya da babamın beylik tabancası*nı alıp beynimi mi uçuracaktım? Ama yapamazdım, benim *canım tatlıdır. Kendime kıyamam lan ben! Geçenlerde parmağım kesilmişti, kendi kanımı görüp panikten bayıldım. Kendimi ölümün soğuk kollarına isteyerek bırakmak bana göre değil, hem ruh hastası değilim. Hadi* İhsan'ı anlayabilirim. Hayat yorar insanı, bazen karamsar düşünür ve intihar edebilirsin. Sonuçta intihar etmek *de kişisel bir özgürlüktür. Bana ne lan! Kim intihar ediyorsa etsin. Sonuçta kendini düşünmeyeni ben niye düşüneyim?"*

I

Oturduğumuz binanın çatısında dehşete düşmüş bir şekilde Rüstem'i anlamaya çalışıyordum. Tam evde boş günümü değerlendirmek için internetten indirdiğim filmi izlemeye hazırlanıyorken Rüstem kapıyı çalmış, tuhaf bir şekilde, "*Naber lan?*" demeden:

– Şu babanın emektar silahını getirsene bir şeye bakacağım, diyerek emrivaki yapıp beni şaşırtmıştı.

– Lan Rüstem silahı ne yapacaksın?

– İhsan'ın olayını çözdüm. Silahı getir sen önce.

– Saçmalama lan, İhsan'la babamın silahının ne ilgisi var, rahatsız mısın sen?

– Sorularla bunaltma beni, lütfen dediğimi yap!

Garip gözlerle Rüstem'i anlamaya çalışıp daha fazla ısrarına dayanamadım. İşin içinde büyük bir soru yığını olarak duran İhsan vardı. Daha fazla itiraz etmedim. Evde kimse yoktu, babam silahı yatak odasındaki dolabın en alt katında saklardı hep. Silahı alıp Rüstem'in yanına geldim.

– Lan oğlum dikilmesene kapıda. Al sana silah, gir içeri kimse yok zaten.

– Ya yok gel yukarıya çıkalım.

– Rüstem iyi misin, mal mal konuşma, daha yukarısı mı var? En üst kattayız zaten, ha eğer çatıdan bahsediyorsan kusura bakma çıkamam. Olanları biliyorsun, zaten bu evde nasıl yaşayabildiğimi merak ediyorum.

– Kanka kırma beni, ne olacak? Olan oldu bir kere, alışmamız lazım artık buna.

– Ben alışamıyorum Rüstem, gece yatarken sürekli o günü düşünüyorum. İhsan neden intihar etti, hadi intihar etti, neden bizim çatıya çıktı? Bu çocuğun derdi neydi? Bir de üstüne gelip benden babamın silahını istiyorsun, İhsan'ın olayını çözdüm ve çatıya çıkalım diyorsun. Sen de intiharı düşünüyorsan hatırlatayım silah boş.

– İyice saçmaladın ha, ben de biliyorum silahın boş olduğunu. Hem dolu silahı ne yapayım? Kafayı mı yedim ben? Yukarı çıkalım diyorsam bir sebebi var, İhsan'ın intihar etmek için neden bu çatıya çıktığını biliyorum galiba. Ama bunu burada anlatamam. Gözlerinle görmen lazım.

– Neyi göreceğim lan! Oğlum doğru söyle siz bir bok yediniz, İhsan bu yüzden mi intihar etti?

– Geri zekâlı! Ne alakası var? Vallaha sen bilirsin, al o zaman silahı ben gidiyorum.

Rüstem'in bu sert ve fiyakalı çıkışı merakımın tavana ulaşmasını sağlamıştı. Çatıya koşa koşa çıkmaya hazırdım. Diğer yandan da ağzım şaşkınlıktan sonuna kadar açılmıştı, İhsan'ın neden intihar ettiğini en yakın arkadaşları olarak Rüstem ve benden başka merak eden kimse kalmamıştı herhalde. Polis olayı kişisel sebeplere bağlamış, depresyon ya da kişilik bozukluğu gibi bir şeyler zırvalamıştı. Ailesi ve diğer herkes buna inanmıştı, babası Rauf Amca son günlerde içine biraz kapanık olduğundan bahsetmişti, dosya da Rauf Amca'nın bu sözlerinden ve prosedür olduğu her halinden belli olan bir otopsiden sonra alışılmış bir intihar vakası olarak kayıtlara geçmişti. Bir tek ben ve Rüstem inanmamıştık buna ve hâlâ inanmıyorduk. Çünkü İhsan ara ara durgunlaşırdı ve genellikle bir sebebi olmazdı. Ama elimizden bir şey gelmiyordu, düşüne düşüne kendimizi parçalıyorduk, İhsan'ı intihara sürükleyen bir olay ya da ne bileyim başka bir şey varsa bulmak istiyorduk. Çünkü İhsan, Rüstem ve ben ayrılmaz üçlüydük, çocukluğumuzdan beri beraberdik. Doğal olarak İhsan içinde karanlık bir boşluğa düştüyse bunu ilk olarak bizim bilmemiz gerekirdi. Çünkü üçümüz de birbirimizin bütün sırlarına sahiptik, her şeyimizi en ince ayrıntısına kadar biliyorduk. Ya da Rüstem'le biz bildiğimizi zannediyorduk, İhsan sebepsiz yere intihar edene kadar bu böyleydi...

Kapıda karşımda dikilmiş beni bekleyen kardeşim, can dostum Rüstem'i daha fazla kırmak gelmedi içimden. Hem İhsan'a dair bir şeyler söyleyecekti. Merakıma yenilip, Rüstem'le çatıya çıkmaya karar verdim. Buzdolabının üzerinde duran çatının anahtarını aldım. İhsan'ın intiharından sonra sürekli kilitsiz duran kapıyı kilitleme kararı almıştı babam. Belki de başka birinin daha böyle bir olaya kalkışacağından korkmuştu. Anahtarı da buzdolabının üst tarafına koymuş ve bugüne kadar benden başka kimse dokunmamıştı bu anahtara. Bazı zamanlar binada oturan komşulardan birkaçı mangal yapmak için çatıya çıkardı. Rüstem, İhsan ve ben az mangal partisi yapmamıştık çatıda. Rüstem'in elinde silah, benimse elimde anahtarla çatıya çıktık. Rüstem'in elinde duran boş silahın İhsan'ın intiharıyla ne alakası olduğunu düşünüyordum...

Çatıya çıktığımızda sarsılır gibi oldum. İhsan da bizim gibi çatıya çıkmıştı o gün. Ve sonrasında merdivenlerden değil 7'nci kattan betona çakılarak inmişti aşağıya. İçimden, "*Keşke o gün çatıya açılan kapı kilitli olsaydı...*" diye geçirdim.

Ama kim nereden bilebilirdi ki ölüme açılan bir geçiş noktası görevini görecekti bu kapı?

Hava biraz soğuk gibiydi ama havanın soğuk ya da sıcak olması zerre umurumda değildi. Rüstem'in ne anlatacağını merak ediyordum. İhsan'ın intiharının sebebi neydi ve Rüstem bunu nasıl öğrenmişti? İhsan ve beni Rüstem'den ayıran en büyük fark, Rüstem'in kitap delisi olmasıydı. Tuhaf tuhaf kitaplar okur, sonra gelir daha da tuhaf şekilde konuşurdu bizimle. İhsan ve ben hayatı kitaplardan değil sokaklardan öğrenme taraftarıydık. Bu yüzden fikir adamı olan Rüstem'di, hiçbir şey hakkında bile her şeyi bilen adamdı bizim için...

İçine düştüğüm düşüncelerden sıyrılıp çatının kenarında duran Rüstem'e baktım. O da muhtemelen benim gibi İhsan'ı düşünüyordu...

– Rüstem daha ne kadar süre gökyüzünü izleyeceksin, eğer devam etmeyi düşünüyorsan ben gideyim bitince çağırırsın.

Rüstem bana baktı, sinirli gibiydi biraz:

– Salak salak konuşma, zihnimde konuyu toplamaya çalışıyorum.

– Lan Rüstem neyi topluyorsun, söyle de anlayayım şu mevzuyu? Hem ne bok yemeye işin içine gizem katıyorsun, gel adam gibi söyle sonra siktir git.

– Tamam o zaman başlayalım.

İyice uyuz olmuştum Rüstem'in bu hareketlerine, normalde böyle hareketler yapmazdı ama bir gariplik vardı bu çocukta. Baştan aşağı süzdüm Rüstem'i, bir gariplik arıyordum. Biraz tedirgin biraz da stresli gibiydi. Sonra birden ne olduysa elindeki silahın şarjörünü çıkardı Rüstem, içine baktı, içi boştu. Ardından sağ eliyle cebinden altın rengi bir kurşun çıkardı. İşte o an şaşkınlıktan ne yapacağımı kestiremedim. Elindeki kurşunu benim şaşkın bakışlarıma aldırmadan şarjöre koydu, artık Rüstem'in elinde içinde tek kurşun olan dolu bir silah vardı...

– Lan Rüstem o kurşun nereden çıktı?

– Kurşuna takılma, kurşun benden silah senden.

– Nasıl lan! Ne yapıyorsun oğlum sen? İhsan hakkında bir bildiğim var dedin çıkardın beni buraya. Bu kadarı yeter ben gidiyorum.

Artık cidden delirmiştim. İçimden Rüstem'in ağzını burnunu kırmak geliyordu, tam Rüstem'e sırtımı dönmüş gidecekken, kafamın arkasına dayanan metalin o keskin soğukluğunu hissettim.

– Dur bakalım. Bir yere gidemezsin!

– Rüstem Allah aşkına çek şu silahı kafamdan, bu şakanın boku çıkmaya başladı.

– Şaka mı! Sence burada sana şaka yapıyor gibi mi duruyorum? Elimde babanın silahı var ve içinde de tek kurşun var! Sen Çehov'un silahını bilir misin? Ah pardon ya senin gibi bir geri zekâlı Çehov' nereden bilecek? Hani şu, "*Bir sahnede silah varsa, o silah eninde sonunda patlar!*" İşte o silah Çehov'un silahı. Ben de bunu farklı bir şekilde ifade edebilirim sana. "Eğer aşağılık bir insanın beynine silah dayadıysanız, tetiği çekip o aşağılık ucubenin kafasını dağıtmalısınız!" Bak bu da Rüstem'in silahı, nasıl uydu mu?

– Rüstem Allah aşkına ne dememi bekliyorsun? Benim lan ben! Rahatsız mısın sen? Çocukluk arkadaşın, sırdaşın, dostun.

– İhsan'ın ölümüne kadar öyleydi, ama İhsan'ın ölümünden sonra işler değişti. Artık dostluk yok!

– Kafayı yemek üzereyim, anlamıyorum derdin ne, neyin peşindesin Rüstem?

– Merak etme kafayı yemene gerek yok, az sonra ben o kafanı patlatacağım. Diğer soruna gelince, seni öldürmenin peşindeyim, bunu daha nasıl ifade edebilirim, illa kafan patladıktan sonra mı durumun ciddiyetini kavrayacaksın! Gerçi sen kafan yerindeyken de düşünme kabiliyetine sahip değilsin, senden bu durumu kavramanı beklemiyorum.

– Peki Rüstem, tamam anladım. Kafama silah dayadın, beni vurmakla tehdit ediyorsun, avazım çıktığı kadar bağırsam bütün mahallenin buraya toplanacağını biliyorsun.

– Dene bakalım kafanı patlatayım.

Nasıl bir durumun içinde olduğumu bir türlü anlayamıyordum. Çocukluk arkadaşım kafama bir silah dayamış ve kafamı patlatacağını söylüyordu. Bense bunun sebebini öğrenmek istiyordum. Hızlı bir şekilde arkamı döndüm. Şimdi suratıma dayanmıştı silah ve Rüstem'le burun burunaydık. Gözlerine baktım Rüstem'in, o güne kadar görmediğim bir şey vardı Rüstem'de. Birden aklıma İhsan'ın neden intihar ettiği sorusu geldi. Doğru ya buraya asıl çıkış amacımız İhsan'ın neden intihar ettiğiydi...

– İhsan neden intihar etti Rüstem, dedim.

– Neden intihar etti? Güzel soru ama intihar yanlış düşünce, İhsan intihar etmedi!

Suratıma doğrultulmuş silahın içinden çıkan kurşunla öbür tarafa hızlı bir şekilde postalanacak olmam bir anda ikinci plana gerilemişti. Ne demekti lan İhsan intihar etmedi! Şaşkınlık, ölüm korkusu, öfke, heyecan, merak, bu duyguların tamamını aynı anda yaşıyordum. Ve köpekler gibi terlemiştim. Düşüp bayılacak gibiydim ama kendimi topladım:

– Ne demek lan, nasıl intihar etmedi? Şerefsiz! Onu sen mi öldürdün!

Sinirlenmiştim! Rüstem'e dalıp öfkem geçinceye kadar deliler gibi yumruklamak istiyordum. Ama içinde olduğum durum bu aptalca hareketi kaldıramayacak kadar ciddiydi...

Rüstem silahı sert bir şekilde alnıma yapıştırarak:

– İhsan'ı ben değil, sen öldürdün, dedi.

Hah şimdi de beni öldürmek isteyen çocukluk arkadaşım tarafından katil olmakla itham ediliyordum. Üstelik öldürdüğüm kişi de diğer çocukluk arkadaşım İhsan.

– Rüstem, benimle ne alakası var lan? Ben kimseyi öldürmedim. Sen manyak mısın!

– Kes lan sesini yavşak, İhsan senin yüzünden öldü.

– Lan Rüstem sen ne dediğinin farkında mısın? İhsan

nasıl senin çocukluk arkadaşınsa benim de öyleydi, ben ne yaptım ki ona benim yüzünden ölsün? Eğer beni gerçekten öldürmek istiyorsan, önce suçumu bilmeliyim. İhsan'ın benim yüzünden öldüğünü nasıl söylersin sen! O gün İhsan kanlar içinde yerde yatarken ikimiz de şaşkınlık içinde birbirimizin suratına bakmıyor muyduk? Bunu bildiğin halde nasıl olur da İhsan'ı benim öldürdüğümü söylersin?

Kafama dayalı silahtan her an şiddetli bir patlama sesi çıkabilirdi, Rüstem iyice zıvanadan çıkmıştı. Birisinin bu duruma el koyması lazımdı. Ama kimsenin umurunda değildim. Rüstem beni silahla değil de başka şekillerle öldürse, mesela bıçakla filan, beni tahtalıköye yollayıp cesedimi burada bıraksa uzun bir süre kimse yokluğumu fark etmezdi...

– Rüstem kardeşim Allah rızası için indir şu silahı, yalvarıyorum.

– Yalvar, yalvar yavşak! Götün sıkışınca Allah rızası de, ulan hayatında en son ne zaman camiye gittin!

– Ne alakası var lan, günahkâr bir kul olabilirim ama bizim de kendimize göre bir inancımız var. Ayıp oluyor ama.

– Kes lan sesini, senin ölümün sayesinde İhsan huzur bulacak mezarında. Senin yüzünden hem benim hem de İhsan'ın hayatı pislik içinde geçti. Ama bugün son bulacak yaptıkların!

– Yeter lan, ben ne yaptım size?

– Daha ne yapacaksın! Vurdumduymaz, insanları önemsemeyen, insanları kullanan, kendi hayatını bok etmen yetmezmiş gibi bir de çevrendeki insanların da hayatlarının içine sıçan bir pisliksin sen! Hatırlıyor musun İhsan'la benim hayatımı nasıl berbat ettiğini? Kitaplardan başını kaldırmayan benim gibi bir adamın hayatının içine sıçtın sen. Eğer sen olmasaydın İhsan hayatta olacak ve büyük ihtimalle ikimiz de başarılı olacaktık. Ama senin sürekli aptalca hareketlerin ve düşüncelerin yüzünden bu boktan mahallenin içine kısılıp kaldık.

– Rüstem saçmalıyorsun, ben mi dedim size okulu yarıda bırakıp hayatınızı berbat edin diye?

– Evet sen dedin! Tavırlarınla, duruşunla, yaşayışınla! Söylesene lan bana, bu ülkede Kafka âşığı kaç tane adi hırsız var? Her boku bulaştırdın lan bize! Torbacılarla düşüp kalkmaya başladık senin yüzünden. Sıçtın lan hayatımızın içine!

Delirmiştim! Her şeyin sorumlusu olarak beni görüyordu Rüstem.

– Siktir git lan Rüstem! Siktir git, bulaşmasaydın, cebinde beş kuruş para olmadığı zamanlarda yanıma gelip yardım et diyen sendin! Sizi ben mi adi birer hırsız yaptım? Sizin doğru dürüst adam gibi yaşamaya yüreğiniz yoktu, siz seçtiniz bu yola girmeyi, şimdi kalkıp beni suçlama. En azından ben cesaretliyim, pislik ve adi şerefsiz bir insan olduğumun farkındayım. Bu yola ben girdim! Sonuçlarına da sonuna kadar katlanırım. Şimdi çekmişsin silahı beni vurmakla tehdit ediyorsun. Vur lan! Ama İhsan'ın ölümünü üzerime yıkmaya çalışma. İhsan da bu yüzden intihar ettiyse o da cesaretsiz ödleğin tekiymiş! Senin yaşama cesaretin bile yok, her bokuna ben koştum. Bir kere sordum mu neden diye, sormadım! Yardım et dedin, tamam dedim. Başım belada dedin, yanındayım dedim. Şu elinde tuttuğun silaha bak sen önce! Onu bile ben verdim sana, beni öldürmekle tehdit ediyorsun. Ve beni öldüreceğin silahı da sana ben veriyorum. Ben olmadan sen bir boka yaramazsın! İhsan en azından bunun farkındaydı. O kadar kitap okudum diye hava atmayı biliyorsun. Lafa geldiği zaman her boku biliyorsun sözde, ama bir bok bildiğin yok! Şimdi kalkıp beni suçlama, ne benim kadar cesaretlisin, ne de İhsan kadar zekisin! Sen bir boka yaramayan aptalın önde gidenisin!

Artık Rüstem'in kafamı dağıtacağından emindim. Ben geri adım attıkça Rüstem daha kuvvetli bir şekilde alnıma dayıyordu silahı. Ama pisi pisine ölmeye niyetim yoktu! Son hamlemi henüz yapmamıştım. Ama önce İhsan neden intihar etmişti Rüstem'den bunu öğrenmem lazımdı. Gerçi şu anda İhsan'ın intihar etmemiş olabileceğini de düşünüyordum. Bu manyak onu da öldürmüş olabilirdi ama nasıl? Son kez Rüstem'in gözlerine baktım! Ve Rüstem'i afallatacak o soruyu sordum.

– İhsan'ı neden öldürdün Rüstem?

İçimden kuvvetli bir *"Ha siktir!"* çektim. Rüstem hiç de afallamamıştı, gayet sakin bir şekilde:

– Ben öldürmedim, kendi düştü, dedi.

Ben afallamıştım işte! Ters tepki bu olsa gerek, bir insan durup dururken nasıl çatıdan düşerdi, aklım bunu almıyordu.

– Nasıl kendi düştü lan! Ne yani çatıya çıktı durup dururken düşesi geldi düştü, bana gerçeği söyle Rüstem ne saklıyorsun sen!

– Tamam, tamam sus da dinle. O gün burada İhsan'ın değil senin ölmen gerekiyordu. Haftalardır düşündük ne yapalım diye, sonunda aklımıza bu geldi. Her zamanki gibi buraya çıkacaktık ve seni kısa yoldan öldürecektik! Belki bazı soru işaretleri oluşacaktı akıllarda ama, eh ne yaparsın görünmez kaza işte! Aşağıya bakarken birden dengeni kaybedecektin, sonuçta bu ülkede yadırganmaz senin bu saçma ölümün. Belki polis biraz zorlardı bizi ama elde delil olmadıktan sonra zorlasa ne! Seni öldürüp geçmişimizi kaybetmemizin intikamını alacaktık! Her şey iyiydi güzeldi ama işte, İhsan planımızı bozdu! İhsan'la buraya çıkacaktık, sonrasında seni de çağırıp gayet güzel bir şekilde planımızı uygulayacaktık. İhsan işte, tam ben seni çağırmaya gelecekken vazgeçti, beni de vazgeçirmeye çalıştı. Sonra biraz tartıştık ve nasıl olduysa İhsan'ı itmemle dengesini kaybedip aşağıya düşmesi çok hızlı oldu! Sonrası çok hızlı gelişti, bunun sorumlusu sendin ve bunun intikamını almadan kimse bu olayı benden bilmemeliydi. Allahtan İhsan'ın düştüğü yer binanın kapısına uzaktı, binadan nasıl çıktığımı hatırlamıyorum. Herkes İhsan'ın başına toplanmıştı, sen de oradaydın. Sonrası zaten beklediğim gibi zor olmadı. Hem kim şüphelenecekti lan benden? Senin bile aklına gelmedi. Ama İhsan'ın ölümü içime oturdu, cenazesinde en çok ağlayanlardan biri de bendim! Sen bile benim kadar ağlamadın. Şimdi İhsan'ın intikamını ben alacağım.

– Siktir git Rüstem! Vicdanına tüküreyim senin. Cenazede en çok sen ağlamıştın, bana bunları anlatma. Burada tek suçlu varsa o da sensin, eğer becerebiliyorsan o silahın içindeki tek kurşunu bana değil kendi kafana sıkarsın. Belki İhsan seni bu şekilde affeder…

Bunu dememle Rüstem deli gibi gülmeye başladı. Hem deli gibi gülüyor hem de silahı tutan eli yavaşça aşağıya iniyor gibiydi, vazgeçmiş olacağını düşünerek derin bir nefes alıp gevşedim. Ama yaptığım en büyük hataydı bu, Rüstem gülmeye devam ederek:

– Aslında baştan beri seninle oyun oynuyorum, bu silah senin için değil benim için, seninle ilgili daha parlak bir fikrim var, dedi.

Birden Rüstem tek eliyle yakamı tutup arkaya doğru savurdu beni, o sırada ayağım sert bir şeye takıldı ve ben o zaman anladım boku yediğimi…

II

Her şey çok hızlı olmuştu. 7 katlı apartmanın 5'inci katında oturan Neriman Ablaların balkonunda şoka girmiş bir şekilde yerde oturuyordum…

Olayın nasıl geliştiğine dair en ufak bir fikrim yoktu, her şey sanki ışık hızında gelişmişti. Neriman Abla'nın durumu benden kötüydü, zavallı kadıncağızın beti benzi atmış içeride kızı tarafından sakinleştirilmeye çalışılıyordu. Bütün ev halkı topyekûn taarruza geçmişti. Neriman Abla'nın kocası Ercan Abi ve damadı (adını bilmiyorum) başıma dikilmiş ne yapacaklarını şaşırmış bir şekilde amaçsızca çabalıyorlardı. O an bütün evdekilerin dikkati ve hatta mahallenin dikkati şiddetli bir şekilde patlayan silah sesine yöneldi... İkinci şok! Bu arada Neriman Abla bayıldı, ev halkının panik seviyesi yükseldi, ben de silah sesiyle kendime gelip yerimden fırladım. Üçer beşer adımlarla çatıya çıktım ve o an beynimden vurulmuşa döndüm. Rüstem kafası darmadağın bir şekilde kanlar içinde çatıda yatıyordu. İşte o an beynim ve vücudum son bir saat içerisinde yaşananları kaldıramadı ve kendimi kaybetmiştim...

Hayal meyal eski bir film şeridi geçiyor aklımın içinden, yarı diri yarı ölü gibiyim. Rüstem'i görüyorum, yanında da İhsan'ı. Yıllar öncesi, 17 ya da 18 yaşındayız, mahallede bir düğün var, kimin düğünü olduğunu hatırlamıyorum. Zaten pek fazla bir önemi de yok kimin düğünü olduğunun. Rüstem ve İhsan bir şişe bira yürütmüş bir kuytuda muhabbet ediyoruz. Tuhaf bir şekilde ben içmiyorum. Çünkü oldum olası nefret etmişimdir alkolden. İhsan ve Rüstem yani iyi çocuklar birayı yudumluyor, ben kötü çocuk olarak nam salmış unvanımla onları izliyorum sadece. O sırada, Rüstem'in babası Muharrem Abi ve babam nereden çıktılarsa tepemizde bitiyorlar. Muharrem Abi sert bir tipti. Alkolden nefret ederdi, gerçi babamın da ondan aşağı kalır yanı yoktu. Ben bir anlık refleksle şişeyi kapıyorum iki elimle, Allahtan tek şişe var ortada, bu da tek suçlu demek. Muharrem Abi deliriyor, bense babamın gözlerinin içine bakıp, "Rüstem'in bir suçu yok Muharrem Abi, sadece ben içiyorum..." diyorum. Babam deliriyor, elimdeki şişeyi kaptığı gibi suratıma geçiriyor. Suratıma sanki tonluk bir yumruk yemiş gibi oluyorum. Ön dişlerim paramparça, resmen ağzımdan oluk oluk kan akıyor. Ama ben deli gibi gülüyorum. Rüstem ve İhsan gözlerimin içine bakıyor. Ne diyeceklerini şaşırmışlar gibi. Ben sadece gülüyorum. İşte o günden sonra ben alkolik ve pislik bir adam olmaya başlıyorum. Suratıma yediğim o bira şişesinden sonra Rüstem ve İhsan benden ayrılmıyor. Biz o gün orada tek bir bilek oluyoruz.

Gözlerimi açtığımda kolumda serum bir hastane yatağında yatıyordum. Annem başımdaydı, uyandığımı görünce koşarak kapının önüne çıktı ve babam girdi içeriye.

– Nasılsın oğlum, dedi.

Yıllar sonra babam bana oğlum diyordu, kesin içinde olduğum durum yüzündendir. Benim de intihara falan kalkıştığımı zannediyor herhalde, gerçekler ortaya çıkınca muhtemelen geri alır bu sıfatı benden. Kapıda ayakta dikilmiş iki polis memurunu görüyorum. İçeriye girip babama selam veriyorlar, biraz yaşlıca olanı babama:

– Delikanlıya biraz konuşalım biz müsaade ederseniz, diyor.

Babam anneme göz işareti yaparak çıkalım diyor. Babam annemi alıp dışarı çıktıktan sonra polis memurları kuru bir geçmiş olsun diyor, başımı sallayıp bu geçmiş olsunu kabul ediyorum. Polislerden yaşlıca olanı:

– Delikanlı ortada tuhaf bir olay var ve bu olayı bize sen anlatacaksın, diyor. Komşularının ifadesine göre önce sen çatıdan aşağıya düşüyorsun ve beşinci katta nasıl oluyorsa çamaşır asılı tellerin üzerine düşerken çamaşır demirine sarılıyorsun. O sırada balkonda oturan komşuların seni ani bir hareketle içeriye çekiyor. Şanslıymışsın, hem çamaşır demiri hem de komşularının ani içgüdüsel refleksi paçayı iyi yırtmışsın. Buraya kadar her şey normal ama buradan sonra biz bu olayı anlamakta zorlanıyoruz. Komşuların seni içeriye çektikten sora çatıda silah patlıyor ve çok yakın arkadaşın olduğunu öğrendiğimiz Rüstem Z. intihar ediyor. Ve intihar ettiği silah da babanın silahı! Şimdi babanın silahı neden Rüstem'de, sen nasıl aşağıya düştün ve Rüstem neden intihar etti? Ha, son olarak da bu yaşanılan olayın, bundan birkaç ay önce aynı yerden intihar eden İhsan'la bir ilgisi var mı?

Nereden başlayacağımı ve ne anlatacağımı bilmiyordum. En iyisi olayın başından doğru bir şekilde başlayıp gidişata yön vermeye çalışmak olacaktı. Rüstem'e silahı neden verdiğimi doğru bir şekilde anlattım. Rüstem'in kapıya gelip, "İhsan'ın intiharını çözdüm!" diyerek beni kandırmasını ve benim ona silahı dolu değil boş verdiğimi üzerine basa basa vurguladım. Sonradan çatıya çıktığımızda, Rüstem'in cebinden kurşun çıkarıp silahın içine yerleştirdiğini ve... *Bundan sonrasını doğru anlatamazdım. Sonuçta Rüstem her ne kadar beni öldürmek istese de ve İhsan*'ın ölümüne sebep olsa da Rüstem'*in beni öldürmeye çalıştığını söyleyemezdim. Ama diğer taraftan insanların İhsan*'ın intihar ettiğini düşünmesi canımı sıkıyordu. Bir şeyler yapmam gerekiyordu ve bunun sonucunda ne Rüstem katil olarak hatırlanmalıydı ne de İhsan intihar etmiş olarak. Ama bunu nasıl yapmam gerektiğini bilmiyordum. İşleri daha da zora sokabilirdim...

Gözlerimi kapattım, bir şeyler söylemek gerekiyordu.

– İhsan aslında intihar etmedi!

Polisler şaşırmıştı, bu sefer genç olanı:

– Nasıl yani İhsan intihar etmedi, dedi. Bak arkadaşım, üçünüz de sağlam ayakkabı değilsiniz. Rüstem, İhsan ve sen sabıkalı adamlarsınız. Mahalleli de bunun farkında. Anlaşamadığınız bir durum mu oldu? Zaten oturduğunuz mahalle normal bir yer değil. Şimdi kim neden öldü, kim kimi öldürdü? İhsan'ı öldüren Rüstem mi, eğer Rüstem'se buna dayanamayıp intihar mı etti! Ve sen bu hikâyenin neresindesin, anlat bakalım.

Kafası hiç çalışmıyordu bu polisin, bildiğimiz düz mantık yürütüyordu. Ne var lan bunda? O kadar polisiye film izledik, böyle mantığı ben de yürütürüm. Demek polis olmak için zeki olmak gerekmiyormuş, önceden haberim olsaydı bundan, ben de polis olabilirdim...

– Aslında amirim, olay öyle değil! Durun ben olayı size anlatayım.

Senaryo 1

İhsan ve Rüstem çatıya çıkar! Gökyüzü güzeldir, hava müthiştir. İhsan çatının kenarına doğru gider, çatının kenarına oturur. Birden dengesini kaybeder, Rüstem, İhsan'ı tutmak için ko-

şar ama başaramaz. İhsan betona çakılır ve ölür. Rüstem bunun sorumlusu olarak kendini görür. Ardından bana gelir, silahı ister, çatıya çıkarız ve kurşunu silaha yerleştirir. Bense hâlâ İhsan'ın intihar ettiğini sanıyorum. Rüstem bana gerçeği anlatır, bunun sorumlusu olarak kendini görür, bana intihar edeceğini söyler. Ben Rüstem'i vazgeçirmeye çalışırım. Rüstem vazgeçmez, sonra ben silahı almak için Rüstem'e doğru hamle yaparım ama başarısız olurum ve bu arada dengemi kaybedip çatıdan aşağı düşerim. Sonrasını zaten biliyorsunuz...

Senaryo 2

İhsan tek başına çatıya çıkar! Gökyüzünün güzelliği umurunda değildir, havayı sikine bile takmaz. Bir sigara yakar ve çatının kenarına gelir. Amına koyayım lan böyle hayatın der, kendini aşağı atar... Ama yok bu senaryo olmadı, hem İhsan intihar etmiş oldu hem de bu senaryo Rüstem'in ölümünü ve benim çatıdan aşağıya düşüşümü açıklamıyor.

Senaryo 3

Rüstem bir kızı sever! Ama kız önce İhsan'ı sonra beni baştan çıkarır, bunu öğrenen Rüstem önce İhsan'ı sonra beni öldürmeye çalışır... Vay arkadaş ne hatunmuş iki dakikada iki ölü var ortada, hem nereden çıktı lan bu kız? Bu da olmaz, hikâye daha boktan bir hal alır...

Senaryo 4

İhsan haplanır, sonra çatıya çıkar… Eee başlarım lan İhsan'a, Rüstem'e! Bana ne lan! Zaten siktir olup gittiler vallahi hiç uğraşamam…

– Bak şimdi amirim, bu İhsan sorunlu bir çocuktu zaten. Yani tamam beraber takılırız falan halı saha maçlarında aynı takımda oynarız ama İhsan'la Rüstem'in arasından su sızmaz. Ben pek fazla girmezdim aralarına. Neyse o gün İhsan'ın intihar ettiği gün ben evde oturuyorum, bir gürültü koptu dışarıda çığlıklar falan hemen fırladım aşağıya. Baktım bizim İhsan kanlar içinde yerde, sonrası zaten malum. Gelelim asıl olayın koptuğu zamana, yani bugüne. Dediğim gibi Rüstem'le çatıya çıktık! Ben ne olduğunu anlamadan Rüstem silahı kafasına dayadı, İhsan'ın acısına dayanamadığından intihar etmek istediğini söyledi. Sonra ben vazgeçirmeye çalıştım olmadı. Baktım olacak gibi değil atladım eline silahı almak için. O sırada ben Rüstem'in elinden silahı almaya çalışırken, dengemi kaybedip aşağı düştüm. Şimdi buradayım işte…

Resmen üç maymunu oynamıştım. Nasıl olsa olayı benden başka bilen yoktu. Kimse de aksini iddia edemezdi. Birkaç defa daha zorlarlardı beni, sonra basıp giderlerdi ve bu olay da iki intihar vakası ile kapanırdı. Ben de yoluma bakardım.

Yaşlı olan amir olduğunu tahmin ettiğim polis genç olan polise dönerek:

– Lan Oğuz oğlum baksana bu sadece halı sahada top oynarız, ben Rüstem'le İhsan'ı tanımam diyor, dedi.

– Ben öyle demedim amirim. Yani ufak bir bilgi şeyinden söyledim.

– Neyinden söyledin lan? Resmen öyle dedin işte. İyi top oynar mısın sen?

Benden bilgi almalarını beklerken resmen bu olay sorgu gibi bir şeye dönmüştü. Tek fark emniyette değil hastanede yapılıyordu bu sorgulama. Ne cevap vermem gerektiğini bilmiyordum, aklıma ilk gelen cevabı yapıştırdım.

– Ben Premier Lig'i izlerim amirim.

Her iki polis de şaşırmış gibi birbirine baktı, genç olan (adına da uyuz oldum Oğuz):

– Ne var lan Premier Lig'de, ben de Süper ligi izliyorum? Çık bakalım halı sahaya kim daha iyi, dedi.

– Ben öyle demedim memur bey, yani öyle dedim de öylesine dedim.

O sırada amirim dediğim polisin Oğuz'a söyledikleri yüzünden, başka bir hikâye uydurmam gerekiyordu.

– Lan Oğuz ister misin, bu Rüstem'le İhsan ibne olsun?

– Vallaha abi ne diyeyim, olur mu olur yani. Kim neden bir arkadaşının acısı için intihar eder ki? Acaba diyorum bu arkadaşta da bir ibnelik var mı?

Bu sorunun muhatabı bendim ve ben polisi burada uyardım:

– Amirim bu Oğuz Bey ağır konuşuyor, ayıp oluyor ama!

– Bana bak aslanım. Ya adam gibi bize şu işin aslını anlat ya da mahalleye yayarız bunu ve bunu da herkes yer sonrasını da sen düşünürsün. Şimdi anlat biz de dinleyelim.

Başka çıkış yolum yoktu! Hem yalan söylemenin de bir mantığı yoktu, olan olmuştu. Kalan tek sağ bendim. Giren çıkan beni rahatsız edecekti, ben de her şeyi olduğu gibi anlatmaya karar verdim.

– Amirim tamam her şeyi olduğu gibi anlatacağım ama biraz garip bir olay hatta saçma sapan.

– Tamam aslanım, sen anlat neyin garip neyin saçma sapan olduğuna biz karar verelim.

Ben de her şeyi olduğu gibi anlatmaya başladım. Çocukluk yıllarımızdan başlayıp, Rüstem'in İhsan'ı kavga ederken aşağıya ittiğini, yanlışlıkla öldüğünü, benim de bu olayı yeni öğrendiğimi. Ardından Rüstem'in her şey için beni suçladığını ve beni de öldürmek istediğini teker teker anlattım. Aşağıya düşüşümü, silah sesini duymamı tek tek en ince ayrıntısına kadar anlatıp sonunda derin bir oh çektim…

Ardından her iki polis de gözlerimin içine baktı. Genç olan, iyice kıl oldum zaten buna, amirine dönerek:

– İnanıyorum bu sefer abi buna, doğruyu söylüyor gibi ama neden en başında doğruyu söylemedi sonuçta bir suçu da yok, dedi.

– Ben de inanıyorum Oğuz ama soralım. Cevap ver lan, neden en başta bunları anlatmadın?

Neden anlatmadığımı biliyordum. Sonuçta her iki cesetle de beraber büyümüştüm. Onların bu şekilde ölmeleri zoruma gidiyordu...

– Amirim, Rüstem ve İhsan benim çocukluk arkadaşım. Her ne kadar bazı şeyler için beni suçlasalar da benim onlardan başka kimsem yok, aileme bile yabancıyım ben. Onların bu şekilde saçma sapan ölmeleri ve özellikle Rüstem'in katil olarak anılmasını istemedim sadece...

Her iki polis de susarak bir süre bana baktılar. Sonra işlerinin bittiğini söyleyip tekrar geçmiş olsun diyerek ayrıldılar. Polisler gittikten sonra kolumdaki serumu söktüm, askılıkta asılı duran pantolonumun cebinden sigara paketini çıkarıp camın kenarına geçip sigaramı yaktım. Sigarayı her içime çekişimde şehrin karanlık ve günahkâr kalabalığı içime çöküyordu sanki. İhsan'ı düşündüm, aramızda en sakin ve en sessiz olanı oydu, üzüldüm İhsan'ın ölümüne. Sonra Rüstem'i düşündüm, kendisinin ve İhsan'ın ölümüne sebep olmuştu saçma sapan bir neden yüzünden. Sonra kendime baktım camın yansımasında, yoksa gerçekten katil ben miydim? Ben miydim bunca olan bitenin sorumlusu? En sevdiğim iki insanın hayatını berbat etmiş olabilir miydim? Artık suçluluk duymak için çok geçti, bu şehirde nefes alamazdım olanlardan sonra. Hızlıca üzerimi değiştirdim. Odadan dışarıya çıktım. Annem ve babam kapının önünde yoktu. Hastanenin merdivenlerinden inip hızlıca Vatan Caddesi'ne çıktım. Cadde kenarında biraz bekledim, nereye gitmem gerektiğini bilmiyordum. Sonra birden önümden yavaşça geçen taksiyi durdurdum, "Esenler'e, otogara..." dedim. Taksici sadece yavaşça başını salladı. Taksicinin yüzünü inceledim arka koltuktan görebildiğim kadarıyla, benim yaşlarımdaydı ve bitmiş bir hali vardı. O an aklıma Rüstem'in 25'inci yaşına girdiği günden beri söylediği bir söz geldi, o kadar çok tekrarlıyordu ki bunu, hem sözü hem de sözü söyleyen Bukowski'yi unutmam mümkün değildi.

"İnsanların çoğu 25 yaşında mahvolmuştur."

İçinde bulunduğumuz durum bundan ibaretti işte, 25 yaşından itibaren mahvoluşumuz başlamıştı ve birkaç yıl sonra bu çürümüşlüğün içinde tek başıma kalmıştım...

Daldığım düşüncelerden taksicinin sesi çıkardı beni:

– Buyurun otogar.

Teşekkür ederek taksi ücretini ödedim. Bir sigara daha yakıp otobüs firmalarının isimlerini okumaya başladım. Biraz ileride kimselerin olmadığı bir otobüs firmasına girdim. Selam vermeden direkt:

– İlk otobüsünüz ne zaman kalkıyor, diye sordum.

Gişede oturan görevli nereye gidiyorsun diye bile sormadı. Demek ki ara ara benim gibi manyaklar çıkıyordu.

– Kastamonu'ya birader.

Kastamonu hiç bilmediğim bir yerdi. O şehirde beni tanıyan ve beni o şehre bağlayan bir şey de yoktu. Güzel bir şeydi aslında bu, cebimdeki kalan son paraya baktım. Bilet parasına yeterdi, birkaç öğün yemeğimi de yerdim bu parayla. Sonrası zaten pek fazla önemli değildi. Biletin parasını ödeyip otobüse bindim. Son binen yolcu bendim, kalkışa hazırlanıyordu otobüs. Pek fazla yolcu yoktu, ben de arkalara doğru ilerledim. Arkalar boştu, koltuk numarama bakmadan rasgele bir koltuğa oturdum. Gökyüzünün karanlık rengi beni içine çekiyordu. Ve ben hiç bilmediğim bir şehre doğru gidiyordum. Kendimden kaçmaya çalışıyordum belki de, kendi yaşamımdan. Ama insan kendi bedeninin içinden nasıl dışarı çıkabilirdi ki, ölümden başka yolu yok muydu bunun? Gerçi sorunumun bedenimle bir alakası olmadığını biliyordum. İçimde çürüyen ve içimde yozlaşan bir şeyler vardı. Ama artık hiçbir şeyin bir önemi kalmamıştı...

Bu arada adımı hiç söylemedim size. Dibe vuran ve delirmeye başlayan bir adamım ben, belki de çoktan delirdim ama bunun farkında değilim. Her neyse zaten artık hiçbir şeyin önemi kalmadı...

BEKLEME SALONU – ZAMANI KIRANLAR

"Her şeye rağmen huzur vardı havada..."
– Bukowski

Tik, tak, tik, tak...

Beynimin içindeki ses bir türlü yok olup gitmiyor. O sırada ileride otobüs gözüküyor, gözlerini üzerime dikmiş, içi hıncahınç insan dolu. Otobüs duruyor, elektronik tabelasında *Bakırköy* yazıyor. Beklediğim otobüs değil.

Tik, tak, tik, tak...

Paketimdeki son sigarayı dudaklarımın arasına sıkıştırıp yakıyorum. Bir otobüs daha duruyor önümde: *Taksim*. Bu da değil. Sert bir şekilde sigara dumanını içime çekiyorum. Ve önümden geçen tıka basa dolu yedi otobüs sayıyorum. Durakta benden başka kimse yok.

Tik, tak, tik, tak...

Beynimin içindeki sesler çoğalıyor. Başıma şiddetli bir ağrı giriyor. İlaçlarım yanımda değil. Şuurumu kaybedecek gibiyim. O sırada önümde bir otobüs daha duruyor. Tabelasına bakmadan otobüse atıyorum kendimi, otobüse bindiğimde şaşırıyorum. Benden başka kimse yok otobüste, garip bir huzur hissediyorum. Nedense bu olağandışı bir şekilde benden başka kimsenin olmadığı otobüste oturmak yerine ayakta durmayı tercih ediyorum. Beynimin içindeki ses hâlâ şiddetli bir şekilde bütün sinir sistemimi meşgul etmeye devam ediyor. Daha fazla direnemiyorum ayakta durmaya. Olduğum yere çöküyorum. Nereye gittiğimden bile haberim yok! Cep telefonumun saatine bakıyorum, saat henüz 20.15, gittiğim yerden mutlaka bir şekilde dönerim diye düşünüyorum...

Tik, tak, tik, tak...

Beynimin içinde müthiş bir ekip çalışması var sanki. Daha fazla dayanamıyorum, gözlerimi kapatıyorum. Otobüs paldır küldür ilerliyor yollarda. Garip olansa ben bindikten sonra otobüsün hiçbir durakta durmamış olması. Sonra boş ver diyorum kendi kendime. Nasıl olsa bir yerde duracak...

Otobüsün ani fren yapmasına uyanıyorum. Gözlerimi açıyorum usulca, otobüsün şoförü son durak olduğunu, diğer bir tabirle siktir olup inmem gerektiğini söylüyor. Açılan orta kapıdan dışarıya atıyorum kendimi. İner inmez hangi semtte olduğumu anlamak için etrafıma bakıyorum. Bu sırada otobüs hareket edip uzaklaşıyor bulunduğum yerden. Bomboş bir yolun kenarında olduğumu fark ediyorum. İndiğim yerde durağa benzer bir şey yok. "*Bu ne biçim son durak lan!*" diyorum içimden. Normalde son duraklar geniş alanlara kurulu bir yerde olur ve otobüsün son durduğu yer de orası olur. Ama bulunduğum yerde uzakta başıboş duran iki katlı bir bina dışında hiçbir şey yok! Ufak ufak tırsmaya başlıyorum. İki tarafı açık araziyle çevrili bir köy yolunun ortasında duruyorum sanki. Tek çarem ilerideki bina gibi duruyor. Sigara yakmak için elimi cebime götürüyorum. O sırada son dalı otobüse binmeden önce içtiğimi fark ediyorum. Bu dağ başında bir de sigarasız kaldık iyi mi, hızlı adımlarla tırsa tırsa ilerideki binaya doğru yürüyorum...

Beynimin içinde sesler kesilmiş durumda. Garip bir şey! İlaçlarım olmadan imkânsız bir şey bu. Kesinlikle bu durumu doktorumla adamakıllı konuşmam gerek...

Adımlarım hedefe doğru yaklaştıkça, binanın giriş katından ıssız yola yayılan ışığı görüyorum. Uzaktan bir dükkâna benziyor. Kesin bakkaldır falan diyorum. Yaklaşık iki yüz metre yürümüş olmama rağmen yoldan geçen bir tane araba yok. Yeryüzünün bile unuttuğu bu ıssız yere nasıl otobüs koyduklarına şaşırıyorum. Işığın merkezine doğru ilerledikçe bulunduğum yerin neresi olduğuna dair merakım artıyor. Ve en büyük sorun da buradan nasıl geri döneceğim? Saatin kaç olduğunu merak ediyorum, cebimden telefonu çıkarıp saate bakıyorum. Saati görür görmez bir anda olduğum yerde çakılı kalıyorum. Saat 03.40, bu imkânsız, fizik kurallarına aykırı. Otobüse bindiğimde saat 20.15'ti. Otobüse binmemin üzerinden yedi saat geçmiş olamaz. Bir anda korkuyla koşmaya başlıyorum. Binanın yanına ne ara vardığımın farkına bile varmadan, kendimi binanın alt katındaki dükkânın içine atıyorum...

Bu da ne lan!

Bulunduğum yer bir çay ocağı, hangi manyak böyle bir yere çay ocağı açar? Hadi açtın diyelim, gecenin bir yarısı kim çay içmeye gelir lan buraya? Ocakta duran orta boylu yaşını tahmin edemediğim ama saçları beyazlamış mekân sahibi olduğunu umduğum adam gülerek:

– O hoş geldin patron, nerelerdeydin ya, diyor.

– Patron mu?

Aklımı yitirmek üzereyim. Ben neredeyim, bu kim? Bu ne boktan bir hikâye. Adam tepkime hiç şaşırmadan:

– Hadi geç otur bir çay vereyim, Tomurcuk'lu, sevdiğin gibi, ben de zaten sana demlemiştim, diyor.

Adamı tutup yumruklamak istiyorum. Hatta şu anda bu adamı deşme potansiyeline de sahibim. Ama hiç bilmediğim ıssız bir yerde doğru bir hareket olmaz. O an aklıma, organ mafyası geliyor. Benim böbreklerin peşinde mi lan acaba bunlar? Otobüs şoförü de işin içinde o zaman. Ama pek mantıklı gelmiyor bu ihtimal. Arada kayıp yedi saatlik bir zaman dilimi var. Ve bu adam benim çayı Tomurcuk'lu sevdiğimi nereden biliyor? Hiçbir organ mafyası bu kadar ince bilgiye erişemez. Çay lan bu, hangi organ mafyasının sikinde olur deşecekleri adamın çayı nasıl içtiği? Organ mafyası olma ihtimallerini şıklarımın arasından çıkarıyorum. Ama lanet olsun! *Yok lanet olsun olmadı ecnebi miyim lan ben?* Aklıma tüküreyim, bok var mal gibi rasgele bilmediğin otobüse biniyorsun. Yedi düvelimin ebesine atlayacaklar bu dağ başında…

Ben mal mal içinde olduğum durumu anlamaya çalışırken, adam çoktan çayı doldurmuş bana en yakın masanın üzerine koymuştu. Çayın kokusu teşvik ediyordu beni. İçsem mi acaba? Ya içinde bir şey varsa? Sigara olsa kesin içerdim. Sigara istesem mi acaba adamdan?

Adam sanki içimden geçeni duymuş gibi, gömleğinin cebinden kısa kırmızı Winston'u masanın üzerine koyarak:

– Otursana patron, soğutma çayı, gel birer sigara içelim, diyor.

Tereddüt ederek masanın diğer ucundaki sandalyeye oturuyorum. Şu anda adamla karşı karşıyayım ama stratejik bir hata yapmıştım. Sırtım kapıya dönüktü, çok rahat kafama çuval geçirip götürürlerdi beni buradan. Ne diyorum Allah aşkına ben, adam kafama silah dayasa, "*Avazın çıktığı kadar bağır!*" dese, ben de bu komuta uyarak avazım çıktığı kadar bağırsam sanki beni gelip kurtaracak biri vardı. Başıma geleceklere razı olmuş bir şekilde, masanın üzerindeki sigaraya uzanıp içinden bir dal alarak cebimdeki çakmakla sigaramı yakıyorum. *Puşt oğlu puşt, insan bari delik deşik edeceği adamın son sigarasını yakar. Hiç etik kuralları yok lan bunun.* Yine dangalak dangalak senaryolar kuruyorum aklımın içinde. Sigaradan derin bir fırt çekip karşımda oturan adamın suratına üflüyorum. Adam sinsi bir şekilde gülümsüyor, "İç bakalım, suratıma da üfle birazdan belanı sikeceğim!" der gibi. Ama demiyor, yine de demiş gibi ama. Sigaranın dumanını üfleyince çok pis bir hata daha yaptığımı fark ediyorum. Ya sigaranın içinde bir şey varsa, çayda mı var acaba? Yok lan bunlar kesin organ mafyası, beni bayıltıp içimi boşaltacaklar. Beynine tüküreyim Arif, niye, "*Sigara kullanmıyorum, çayı da dün bıraktım...*" demedin ki? Olan olmuştu bir kere, tereddüt ede ede çayı şekersiz yudumluyorum. Çayın tadı güzelmiş, ama içinde garip bir şey var sanki. Belki de psikolojiktir, neredeyim lan ben?

Organ mafyası mevzusu iyice oturmuştu aklımın içine. Kesin ben otobüste uykuya dalınca, şoför otobüsü bir kenarda durdurup spreyle bayıltmıştı beni. Ondan sonra direkt adrese teslim hop ben buradayım. Çakallar zekiymiş aslında, yakala benim gibi malın birini bomboş bir yere bırak, gecenin bir körü benim gibi mal bomboş arazide ne yapar, tabii ki ilk gördüğü binaya meraklı meraklı koşar. Temiz iş, kaçırma falan yok! Tıpış tıpış kurbanlık koyunlar gibi sermaye ayaklarına geliyor zaten. Ondan sonra daya ilaçlı çayı, ilaçlı sigarayı kurban bayılsın, sonra doğra, oh ne güzel tezgâh lan! Aslında şu anda bayılmış olmam gerekirdi, ama hâlâ ayıktım, çayım çoktan bitmiş tazelenmiş ve parmaklarım çaktırmadan ufak ufak sigara paketine doğru yürüyordu. Madem nalları dikecektim, paşa paşa güzelce çayımı yudumlayıp rahatça sigaramı içmeliydim. Oturduğum sandalyeyi biraz geriye kaydırarak bacak bacak üstüne atıyorum. Karşımda oturup sırıtmadan durmayan adam yine sırıtıyor. Şeytan diyor ki, geçir ağzının ortasına pezevengin. Neyse ki ben melek gibi adamım. Hem sadece bir düşünceydi bu. Aslında bu seferki sırıtması biraz tuhaftı içtendi sanki, zaten çayı da güzeldi, sigara da ikram etmişti. Organlarımı çalacak olan adama kanım ısınmıştı. "*Feda olsun lan sana organlarım!*" diyesim geldi, bundan iyisini mi bulacaktım? Teker teker kes al lan bütün organlarımı. Böbreklerimi, dalağımı, ciğerimi al götür anasını satayım. Zaten geride bir bekleyen yok, hatta saçlarımı teker teker kökünden cımbızla çek. Götür bir saç ekme mühendisine. *Doktor mu diyorlar lan o saç ekenlere?* Her neyse işte götür senin kafaya eksinler, saçların da seyrekleşmiş beni de gömün bir yere, bir demlik Tomurcuk'lu çayı da dökün mezarımın üzerine, hem beynimin içindeki ses de yok olmuştu. Yeter işte daha ne isterim?

III

Karşımda oturan adamın yüzüne bakmaya çekiniyordum. Çünkü ben ne zaman adamın yüzüne baksam, adam anlamsız bir şekilde sırıtıp duruyordu. Başımı önümden kaldırmadan:

– Ne yapacaksınız bana, diye sordum.

– Hiçbir şey.

– Peki daha ne kadar burada böyle oturacağız?

– Bunun cevabını sadece sen biliyorsun.

– Nasıl yani?

– Buradan ne zaman çıkacağın senin ne kadar çaba göstereceğinle ilgili bir durum!

– Ben niye buraya geldim?

– Hatan yüzünden.

– Ne hatası?

– Umarım anlarsın.

– Tuhaf tuhaf konuşma benimle, hem adın ne senin?

– Adım yok!

– Nasıl adın yok, herkesin bir adı vardır? Ben sana nasıl hitap edeceğim?

– Şu ana kadar nasıl hitap ettiysen.

– Tuhaf bir adamsın!

– Senin kadar tuhaf olamam.

– Nedenmiş o?

– Çünkü hiçbir şeyin farkında değilsin!

Neyin farkında olmam gerektiğini bilmiyordum. İyice gerilmiştim. Bir yandan da yerimden kalkamıyordum. Buradan gitmem gerektiğini biliyordum ama kendimi çok güçsüz hissediyordum. Siz de hiç kendinizi böyle güçsüz hissetiniz mi? Benimki de laf işte, muhtemelen hissetmişsinizdir. Çaresizlik, korku, ne yapacağını bilememek ve büyük karanlık bir boşluğun içinde bir yardım elini beklemek. Böyle bir durumun içindeyim şu anda. Nasıl bir yere düştüğümü bir türlü çözemiyordum. Hatta nasıl düştüğümün de ötesinde, neden burada olduğuma dair hiçbir fikrim yoktu…

***

– Lütfen bana bir şey söyleyin.

– Ne söyleyeyim?

– Ne olursa.

– Peki o zaman, çayı nasıl içersin?

– Demli.

– O zaman ben sana bir çay daha vereyim.

***

Tuhaf sesler duyuyorum, uykuda gibiyim. Dıt, dıt, dıt... Bir rüyada gibiyim sanki, aslında güzel bir duygu, insanın canı hiçbir şey istemiyor...

***

– Nerede oturuyorsun sen?

– Şu anda karşında.

– Ha, tamam o zaman.

***

Sorduğum sorulara istediğim cevapları alamamıştım. Sırıtan adam hızlı bir hareketle önümdeki boş bardağı çekip aldı. Üzerime çöken ağırlık yüzünden oturduğum sandalyede uyumak istiyordum. Kafamı masanın üzerine koyup uykuya dalma moduna geçmek üzereyken, sırıtan adam:

– Hop dur bakalım. Uyuyacak zaman değil, seninle işimiz, var! Daha doğrusu senin seninle işin var, dedi.

Keyfim yerine gelmişti, bu sefer sırıtarak cevap veren ben oldum:

– Oh ne güzel, her şeyi anlat bakalım. Dinliyorum.

– Uyanman lazım!

– Nasıl yani?

– Uyanman lazım! Nasıl olduğu sana kalmış.

– Şu anda rüya görüyorum değil mi?

– Alakası yok, bu farklı bir şey.

– Nasıl farklı bir şey!

– Söylersem panik yapar uyanamazsın!

– Pardon değerli ağabeycim, özür diliyorum ama, sen beni mle dalga mı geçiyorsun?

ÇAAAAAAAT!

***

– Nabız çok düşük, hastayı kaybediyoruz. Acilen ameliyathaneye almamız lazım.

– Nasıl olduğunu anlamadım, vallaha benim bir suçum yok!

– Acele edin, hadi daha hızlı.

– Hastanın bir yakını var mı?

– Hemen doktor beye haber verin.

Kesik kesik farkı sesler duyuyorum. Kalkmak istiyorum beni yatırdıkları yerden ama bir türlü kalkamıyorum. Suratıma yediğim tokadın sesi hâlâ kulağımda. Neredeyim lan ben?

***

– Niye tokat attın bana?

– Uyanman için.

– Uyandım mı peki?

– O kadar tembel ve umutsuz bir kişiliksin ki, bir tokattan fazlası lazım.

– Bir şeyler yap lütfen, uyandır beni.

– Aklıma bir şey geliyor ama, son çare onu denerim.

– Lütfen şimdi dene.

GÜMMMM!

Bir anda elinde beliren silahı kafama doğrultup tetiği çekmişti manyak. Bir sahnede silah varsa o silah kesin patlarmış, ama sanırım bu biraz erken oldu. Hem hazırlıklı bile değildim. Galiba şu anda öldüm, peki ama öldüysem bu cümleleri nasıl kuruyorum?

Dıt, dıt, dıt...

– Nasıl olmuş bu trafik kazası mı?

– Hocam otobüsün önüne atmış kendini, otobüs zaten duracakmış. Otobüsün önüne atlamasıyla şoförün frene basması bir olmuş.

– Nerede manyak var bizi bulur. Besbelli intihar!

Ha siktir! İntihar etmişim lan, kesin öleceğim burada. Çok ilginç, öyle bir düşüncem de yoktu aslında. Ne ara düşünüp uyguladım acaba? Her insanın aklından intihar etme düşüncesi hayatın bazı dönemlerinde belirginleşir. Herkes intihar edebilir ama ben intihar edecek adam değilim. Çünkü her türlü olumsuzluğa rağmen, intihara kalkışmak âcizlik gibi geliyor bana. Tamam ha-

yata dört elle sarılmak da bana göre değil ama intihar edecek kadar da korkak değilim…

***

– İntihar ettiğime göre burası neresi?

– Ölümden önceki bekleme salonu.

– Bekleme salonu mu? Demek ki yoğun bakımda can çekişen her insan buraya geliyor.

– Tam olarak öyle değil!

– Nasıl peki?

– Eğer intihar etseydin geleceğin yer burası değildi.

– Kafam karıştı, ben intihar etmedim mi?

– İntihar bilinçli bir harekettir. Sen bilinçdışı kendini öldürmeye çalıştın, beyninin bir oyunu.

– Bundan sonra ne olacak?

– Yaşarsan hayata dönecek ve kaldığın yerden devam edeceksin.

– Yaşamaz, ölürsem ne olacak?

– Orası benim bilgim dahilinde değil. Benim görevim sadece burayla sınırlı.

– Neden çay ocağı?

– Bu da seninle ilgili bir şey, sen neyi görmek istiyorsan onu görüyorsun. Başka insanlar da farklı bir yer olarak görüyor burasını.

Zaman kavramını yitirmiştim. Çünkü bulunduğum yerde zaman diye bir şey yoktu! Ama hâlâ aklım 03.30'da kalmıştı, zamanın olmadığı bir yerde zaman nasıl işlerdi?

IV

Dıt, dıt, dıt…

"*Sevaplarınız yetersiz, lütfen daha sonra tekrar deneyiniz.*"

Usulca gözlerimi araladım. Gözlerimin ışığa alışması biraz zaman aldı. Klasik bir hastane odasındaydım. Hafifçe başımı kaldırdım. Sol bacağımın içinde koskoca demir yığınını gördüm. Belki de metaldi, ya da çelik bilmiyorum. Kan, bok, sidik, sargı bezi, ilaç kokusu ve kafam biraz dumanlıydı. Paramparça olmuş gibiydim, ama hiç acı hissetmiyordum. Havada biraz huzur kokusu, ağzımın içindeyse Tomurcuk'lu çayın tadı vardı. Deli gibi sigara içmek istiyordum…

Başımda dikilen hemşirenin ne zaman geldiğini bilmiyorum Bir şeyleri kurcalayıp, önemli bir şey yapıyormuş gibi görünüyordu. O sırada başıma bir de doktor dikildi. Hemşireye dönerek:

– Hasta ne zaman kendine geldi, diye sordu.

– Üç buçukta doktor bey.

Doktor gözlerini bana dikerek zoraki bir tebessümle:

– Nasılmış bakalım hastamız, dedi.

– Sigara ve çay.

Doktor şaşırmıştı:

– Sigara ve çay mı? Narkozun etkisi geçsin, bir şeyler ayarlarız.

Yavşak beni yiyordu. Klasik doktor tipi, hastaya tebessüm ederek cevaplar ver. Hastanın saçma sapan isteklerini mutlak surette yerine getireceğine inandır. Hastayı oyala, hastayı kandır, hastayı tınlıyormuş gibi yap! Ama tınlama.

– Diğer taraf daha iyiydi.

– Diğer taraf?

– Bekleme salonu.

– Yoğun bakımda birçok hastamız benzeri şeyleri görür. Üzerinde fazla durulacak bir şey değil, beyninizin size bir oyunu sadece.

– Sen öyle san! Adam bana çay verdi, sigara verdi. Hizmette sınır yoktu, keşke orada kalsaydım. Niye müdahale ettiniz lan bana?

– Biz görevimizi yaptık, hem siz de geri dönmek için büyük mücadele sarf ettiniz.

Beynimin içinde derinlerde bir ses başlamıştı. *Tik, tak, tik, tak, tik, tak, tik, tak…*

Gittikçe çoğalıyordu, bu sefer öncekiler gibi de değildi. Daha hızlı, daha ısrarlı, daha can sıkıcı… Tam beynimin içindeki seslerin beni işgal edişini unutmuşken, kendilerini hatırlatırcasına, beynimin içinde dansa kalkmışlardı. Doktor başımda dikilmiş hemşireye bir şeyler söylüyordu. Ama ne dediğini duyamıyordum. Dikkatimi doktora verdim, şimdi hem doktorun sesini hem de beynimin içindeki sesleri bir arada duyuyordum. Doktora çıkartabildiğim en yüksek sesle:

– Sigaramı unutma, çay olmasa da olur, dedim.

Tik, tak, tik, tak…

– Siz kendinizi toparlayın, bizzat ellerimle getireceğim.

Doktor sırıtarak arkasını dönüp gidiyor. *Tik, tak, tik, tak…* "Yavşak doktor!" diye bağırıyorum duymuyor…

Tik, tak, tik, tak…

Sesler gittikçe çoğalıyor. Sırıtan doktoru değil, sırıtan adamı görmeyi şu anda her şeyden çok istiyorum. Gözlerim kapanıyor, sesler azalıyor…

***

– *Yine mi sen lan!*

– *Bir çay versene, sigara da ver. Çok canım sıkıldı lan orada. Bak ne diyeceğim, beni yanına çırak olarak alsana. Beraber takılalım, bol bol çay içer muhabbet ederiz.*

– *Siktir git lan!*

– *Aaa siz küfür ediyor muydunuz? Tamam lan nasıl olsa yine karşılaşırız…*

SAKIN KAFKA'YA KÜFRETME!

Ayaklarımı balkonun kenarına uzatmış, *"Dünya umurumda değil!"* der gibi oturduğum sandalyede ileri geri sallanmaya çalışıyorum. Sağımda koca bir bina, solumda ondan biraz büyük bir bina ve tam önümde eski bir iş hanı. Sokaktan geçen insanları izliyorum. Attıkları adımları, yüzlerindeki ifadeleri, giydikleri kıyafetleri, neler yaşadıklarını ve nasıl düşündüklerini anlamaya çalışıyorum. Ardından topladıklarımla hepsine uygun birer isim takıyorum...

Beyaz bir tişört ve kırmızı pantolon giymiş bir kız geçiyor. Ayağındaki pantolonuyla aynı renk spor ayakkabıları müthiş bir uyum içinde. Aklımdan birkaç isim geçiriyorum ve kıza güzel yakışacağını umduğum Gaye ismini takıyorum. Hemen ayaklarımı balkonun kenarından indirip, avazım çıktığı kadar bağırıyorum:

"Gaye! Gaye!"

Bağırarak kıza el sallıyorum. Kız da doğal refleksle sesin geldiği yeri merak edip bana bakıyor. Ben yine ısrarla Gaye diye bağırıp kıza el sallıyorum. Kız kendisine seslendiğimi anlayınca:

– Kusura bakmayın birisine benzettiniz galiba, adım Gaye değil, diyor.

– Bence adın Gaye olsun senin.

– Anlamadım!

– Ne var lan bunda anlamayacak? Adın Gaye olsun diyorum.

– Deli misin nesin sen, manyak!

– Manyak sensin lan!

O sırada karşı cephemde duran iş hanının önündeki Necdet Abi koşar adımlarla caddeden karşıya geçerek duruma el koyuyor:

– Lan oğlum manyak mısın sen! Gir lan içeri sataşma millete, kızım sen bakma buna mahallenin delisi bu.

Gaye hiçbir şey demeden hızlı adımlarla görüş alanımdan uzaklaşıyor, ben de Necdet Abi'ye bakarak:

– Necdet abi, diyorum. Abim oradan bir yarım tavuk dönerle bir küçük ayran yolla, hesaba yaz sonra hallederiz.

– Lan oğlum sen harbi rahatsızsın, süzme delisin lan sen! Camcı oğlum burası camcı, ne arar lan burada döner!

– Ah be tamam lan Necdet Abi, isteyen de kabahat, yollamazsan yollama!

Necdet Abi söylene söylene arkasını dönüp dükkânına giriyor. Ben de içeri girip Kafka'nın *Dönüşüm* kitabını 822'nci kez okumak için kitaplıktan tekrar alıyorum. 820'nciyi dün okumuştum. 821'inciyi de sabah okudum. Tekrar balkona çıkıp sandalyeye oturuyorum. Ayağımı balkonun kenarına uzatıyorum. Oturduğum yerden avazım çıktığı kadar, "*Allah hepinizin belasını versin! Hiçbiriniz Gregor Samsa'yı tanımıyorsunuz, siz daha Tamer Eğreti'nin bile kim olduğunu bilmiyorsunuz!*" diye bağırıyorum. Kimsenin tınladığını ve oralı olduğunu sanmıyorum. Beni zaten bu pis semtte bir tek Necdet Abi tınlıyor. Onun da sesi çıkmadığına göre duymadı muhtemelen...

Kitabı açıp Gregor Samsa'ya, "*Ben geldim lan tipsiz!*" diyorum. Gregor rahatsız olmuş bir tavırla, "*Yine mi sen lan?*" der gibi boş boş suratıma bakıyor...

TAMER EĞRETİ NASIL DELİRDİ?

"Alelacele koşup yaşama sığınmıyorsa insan, yaşamdan zevk alabilir mi?"

– Kafka

I

52 yaşında tek başına ihtiyar bir adam olarak ölüp gitme düşüncesi delirtiyor beni. On yıl önce müzmin bir hastalık yüzünden eşimi kaybettiğimden bu yana eski bir iş hanı olan Pasaj Hanı'nın giriş katında 60 metrekarelik camcı dükkânımda hayatımın son anlarını yaşadığımı hissediyorum. Nermin'le beraber paylaştığımız bir çırpıda geçen 17 yıl boyunca çok mutluyduk aslında. Çocuk sahibi olamıyorduk, yine de bu durum ikimiz için hiçbir zaman sorun olmadı çünkü birbirimize yetiyorduk…

Nermin ölmeden önce, üç yıl boyunca yatakta yarı ölü gibi geçirdi hayatını, sonra daha fazla dayanamayıp beni yalnız başıma bırakıp, çekip gitti bu hayattan. Nermin'in ölümünden sonra üç odalı bir ev ve 60 metrekarelik küçük bir dükkân içerisinde sıkışıp kaldım. Şimdiki gençlere bakıyorum da onlarca arkadaşı ve aileleri olmasına rağmen yalnızlıktan şikâyet edip duruyorlar. Asıl yalnızlığı ben ve benim gibiler bilir. Yanında kimse olmadığı zaman geçen yıllar insanı hızlı bir şekilde tüketir. Hele eve girdiğinde o delirten sessizlik yok mu, içten içe kahreder insanı…

Çok uğraştım bu hayata adapte olmayı ama başaramadım. On üç yıl boyunca dükkâna uğrayan müşteriler ve Pasaj Hanı'ndaki esnafla edilen günlük muhabbetleri saymazsak bir yere oturup kimseyle tek bir laf etmişliğim yok. Karşı binada oturan Tamer denilen manyakla girdiğimiz diyalogları saymazsak çok yalnız ve çok berbat bir hayatım var. İlginç bir adam Tamer, ben hayatımda bunun gibisini görmedim. Herkes deli olduğunu söylüyor ama ben herkesten akıllı olduğuna inanıyorum. Yaz günleri sabahtan akşama kadar balkonda oturup kitap okuyor. Ulan bu devirde akıllı geçinen insanlar bile kitap okumuyor, deli dedikleri adamın elinden kitap düşmüyor. Şimdi burada kim akıllı kim deli vallahi bilemiyorum. Tamer'in en büyük eğlencesi caddeden geçen insanlara saçma sapan isimlerle hitap edip o kişilerin hitap ettiği isimdeki insanlar olduğuna ikna etmeye çalışması. Genellikle insanlar gülüp geçiyor ama bazıları ters cevap veriyor, bu sefer de Tamer çıldırıyor. Böyle durumlarda olaya ben müdahale ediyorum. Mahallenin delisi diye insanları ikna edip ortalık karışmadan yolluyorum. Aslında Tamer de yalnız. Hatta durumu benden de vahim, hem yalnız hem deli. Ama hikâyesini kimse bilmiyor. Aslında herkes merak ediyor, ben de merak içerisindeyim ama kimse merak edip de Tamer'e yaklaşmıyor. Bir yıl önce mahallemize taşınan

Tamer'le ilgili bildiğimiz tek şey kısa bir süre ruh ve sinir hastalıkları hastanesinde yattığı, bunu da taşınmasından iki hafta sonra benim yasadışı madde bulundurduğuma dair bir ihbar alıp dükkânı basmaya gelen polislerden öğrendim. Ve Tamer'le ilk diyaloğumuz da polislerin dükkânı basmasından birkaç saat önce gerçekleşti...

O gün her zamanki gibi dükkânın önüne attığım sandalyede yoldan geçen insanları seyredip çayımı yudumluyordum. 14-15 yaşlarındaki çırağım Muzaffer de elindeki süpürgeyle dükkânın önünü temizliyordu. Bir yandan çayımı yudumlayıp, bir yandan da insanları izlerken benin çırak Muzaffer:

– Necdet Abi, şu tuhaf adam yine bizi izliyor, dedi.

– Kim lan Muzaffer?

Muzaffer parmağıyla karşı balkondaki otuzlu yaşlardaki saçı sakalı birbirine girmiş adamı işaret ederek:

– Abi şu karşı binada balkonda oturan tuhaf adam, dedi.

– Tamam lan indir elini, adam balkonda oturmuş dışarıyı seyrediyor işte, bize niye baksın!

– Necdet Abi öyle diyorsun da, şimdi daha bir tuhaf bakıyor. Kendisinden bahsettiğimizi anladı mı acaba?

– Boş boş konuşma Muzaffer, git içeri bana bir çay daha getir.

– Tamam usta, niye kızıyorsun sadece garibime gitti.

– Gir lan içeri, garibine gitmiş! Sanki sen çok normalsin.

Muzaffer çay bardağını alıp dükkânın içine girdikten

sonra, gözucuyla balkonda oturan adama baktım. Sinirli gibiydi biraz ve gözleriyle kilitlenmiş gibi bana bakıyordu. İçimden kendi kendime söylenerek, "*Lan Muzaffer, kendi paranoyaklığını bana da bulaştırdın, cidden bu adam sürekli bizi mi izliyor ne?*" dedim. Dükkânın içine geçmek için ayağa kalktım. Ayağa kalkarken karşı balkona baktım tekrar, balkonda oturan adamda bir değişiklik yoktu! Sanki bütün dikkati benim üzerimdeydi, merak ediyordum açıkçası bunun sebebini. Dükkânın içine geçmekten vazgeçtim. Tekrar yerime oturdum. Ben de tıpkı onun gibi gözlerimi üzerine diktim. O baktı, ben baktım, o baktı, ben baktım. Bir süre sonra tuhaf bir tepki verdi, bakışlarımdan rahatsız olmuş gibiydi. Oturduğu yerden ayağa kalkıp bana doğru bağırarak:

– Bay Tombadil, hey Bay Tombadil sana diyorum, dedi.

Resmen avazı çıktığı kadar bana bağırıyordu. Dükkânın yanında bulunan birkaç esnaf da merak edip karşı balkonda bağıran adamı izlemeye başladılar. Bir yandan da bana bakıp duruyorlardı. Bay Tombadil kimdi lan! Hâlâ bağırmaya devam ediyordu, bir süre sonra dayanamadım ben de bağırdım:

– Ne var lan, kime sesleniyorsun sen?

– Sana Bay Tombadil!

– Bay Tombadil kim lan?

– Sensin. İnsan hiç kendini tanımaz mı Bay Tombadil?

– Necdet lan benim adım Necdet, hem ne diye bağırıyorsun, bir şey söyleyeceksen in aşağıya gel buraya söyle!

– Tamam Bay Tombadil kızma, benim adım da Tamer! Tamer Eğreti.

İyice uyuz olmuştum bu duruma, adam hâlâ bana Bay Tombadil deyip duruyordu, bu yaştan sonra milletin maskarası olamazdım. Dükkânın kenarında sessiz sessiz gülen Muzaffer'i kolundan tuttum:

– Neye gülüyorsun lan sen! Bana mı gülüyorsun?

– Yok Necdet Abi, sana niye güleyim? Vallaha bu tuhaf adama gülüyorum.

– Ben şimdi gösteririm ona.

Muzaffer'in kolunu bırakarak, caddeden karşıya geçtim. Balkonda oturan adının Tamer olduğunu öğrendiğim adama aşağıdan bağırarak:

– Lan! Rahatsız mısın oğlum sen! Ne diye saçma sapan konuşuyorsun? Bağırıp durma oradan millet bize bakıyor, in aşağıya ne söyleyeceksen burada söyle, dedim.

Tamer başını balkondan aşağıya sarkıtarak:

– İnemem Bay Tombadil, dedi.

– Bak Tamer kardeşim önce anlaşalım. Adım Necdet, bana Bay Tombadil diyerek beni delirtme!

– Tamam Bay Tombadil Abi, ah pardon Necdet Abi. Oldu mu şimdi!

– Hah şimdi oldu. Peki aşağıya neden inemezmişsin?

– Nasıl yani görmüyor musun?

– Neyi görmüyorum?

– Böcekleri.

– Lan manyak mısın oğlum sen ne böceği?

– Baksana her tarafta bizi izliyorlar.

– Ne böceği lan, diyerek şaşkın bir şekilde etrafıma bakınmaya başladım. Ama böcek falan göremiyordum. Ya bildiğimiz deliydi bu Tamer, ya da benimle ağır taşak geçiyordu.

– Sen benimle dalga mı geçiyorsun?

– Yok Necdet Abi, ne dalgası?

– Bana bak Tamer, senin hiç arkadaşın ne bileyim eşin dostun yok mu?

– Var.

– Hani hep tek başınasın, tüm gün balkonda oturup duruyorsun?

– Gregor Samsa var!

– Kim?

– Gregor Samsa!

– Kim lan o ecnebi mi?

– Böcek sayılır, aslında insan.

– Nasıl yani? Kafamın içine sıçtın! Kim böcek?

– Ah Necdet Abi, senin kafan basmıyor galiba?

– Lan adam gibi konuş, saçma sapan konuşma o zaman! Beni delirtme!

– Bence sen deliremezsin Necdet Abi, çünkü daha Samsa'yı tanımıyorsun!

– Allahın manyağı başlarım sana da Samsa'na da!

– Hooop Necdet Abi, Samsa'ya laf söyletmem. Kafka kırılır sonra.

– Haaa bak biri daha çıktı! Kim o Kafka, oda mı böcek?

– Yok o insan, ama Samsa'nın babası sayılır!

– Nasıl yani? Samsa böcek, Kafka insan, nasıl babası sayılır lan rahatsız! Başlarım sana da Kafka'na da, gelmiş burada bir deliyi dinliyorum ben de!

Beynim yerinden çıkacak gibiydi. Gözümün önünden siyah siyah koskoca böcekler geçiyordu. Bu Tamer denilen rahatsız saçma sapan konuşarak bütün dengemi sarsmıştı. İçimden küfrede küfrede dükkâna doğru yürürken Tamer arkamdan tekrar bağırarak:

– Hooop Necdet Abi, duyuyorum sakın Kafka'ya küfretme. Pişman olursun, dedi.

Bir anlık öfkeyle Tamer'e doğru dönüp:

– Siktir git lan! Mahallede delimiz eksikti şimdi sen geldin tam oldu, dedim.

Başka bir şey söylemeden, caddeden karşıya geçerek, dükkâna doğru yürümeye başladım. Pasaj Hanı'nın önünde toplanan birkaç esnaf hâlâ kahkaha atarak gülmeye devam ediyordu. İş hanında elektrikçi dükkânı olan Suphi gülerek:

– Tam adamına çattın Necdet Usta! Daha da yakandan düşmez, dedi.

– Suphi kim lan bu deli?

– Usta adam çok zengin, ama biraz kırık gibi, evi de bizim Kerem satmış adama. Elektrik işlerini ben yaptım ama adamla hiç karşılaşmadım. Kerem söyledi adam biraz kırık gibi dedi.

– Kerem'in aklına tüküreyim. Neresi biraz kırık lan bunun? Bu bildiğimiz deli!

– Aman boş ver usta sana ne ya, enteresan bir adam işte! Neyse ben kaçtım yeni bir şey olursa haber ver senin çırakla. Baksana esnaf bayağı keyiflendi.

Bir de Suphi ile uğraşacak halim yoktu. Dükkânın önündeki sandalyeye tekrar oturdum. Tamer'in oturduğu balkona baktım. Yerinde yoktu manyak...

II

Tamer manyağıyla yaşadığımız saçma sapan olaydan bir saat sonra iki polis arabası dükkânın önünde durdu. İçlerinden biri inip dükkâna girdi, kimliğini göstererek:

– Necdet Usta siz misiniz?

– Evet benim, hayırdır bir şey mi oldu?

– Hakkınızda ihbar var!

– Ne ihbarı kardeşim? Ne yapmışım ben?

– Yasadışı madde bulundurduğunuza dair ihbar var elimizde.

– Ne yasadışı maddesi kardeşim, siz dalga mı geçiyorsunuz benimle? Camcı burası camcı!

Dükkânın önü polis kaynıyordu. Kendimi bir anda uyuşturucu kaçakçısı ve bütün narkotik suçların üzerimde birleştiği biri gibi hissettim. Ne olduğunu anlamaya çalışırken, Tamer'in sesi beni delirtmeye yetti:

– Hooop Necdet Usta, iki hap yolla da kafa bulalım ya! Olmuyor böyle!

Delirme anı bu olsa gerekti, zaten hangi manyak bir camcıyı yalandan yere ihbar ederdi ki? Tamer manyağı yıllardır süren dengemi bir saat içinde altüst etmişti. Ana avrat söverek dükkândan çıkmak için yerimden fırladım. Az önce bana suçlu muamelesi yapan polis şimdi beni sakinleştirmeye çalışıyordu. Biraz daha küfrettikten sonra sakinleşip yerime oturdum. Polisler de anlamıştı artık ihbarın kimden geldiğini. Polisler Tamer'in kim olduğunu sordu. Ben de bugün yaşanılan olayı kısaca anlattım. Sonuna da muhtemelen manyağın biri olduğunu ekledim. Bu arada dışarıda Tamer kolunda iki polis memuru avazı çıktığı kadar:

– Böcekler, böcekler bırakın beni, pis yaratıklar, diye avazı çıktığı kadar bağırıyordu. Polisler bana ben de polislere şaşkın bir şekilde bakakalmıştık. Gerçi ben bugün yaşanılan olaydan sonra yadırgamıyordum bu durumu ama polislerin yadırgadığı belliydi. Polislerden biri elinde bir nüfus cüzdanı ile polis otolarından birinin içine girdi, bu manyağın kim olduğunu kontrol edecekti herhalde. Gözucuyla polis otosunun içindeki polisi izliyordum. Polis elinde bir cihazla bir şeyler yaptıktan sonra telefonla bir yeri aradı. Ardından arabadan inerek dükkânın içine girdi, bana ve komisere bakarak:

– Komiserim adam bildiğimiz deli, iki yıla yakın ruh ve sinir hastalıklarında yatmış, dedi.

– Sorunu neymiş bu manyağın?

– Komiserim pek fazla bilgi yok ama, adam karısını öldürmeye çalışmış. Ardından karısı bunu terk etmiş. Bu da hastaneye.

– Tamam, bırakın gitsin! Yürüyün biz de gidelim.

Polislerin Tamer'i bırakmasıyla Tamer koşarak binanın içine girdi ve gözden kayboldu. Polisler gittikten sonra, malzeme almaya gönderdiğim Muzaffer nefes nefese kalmış bir şekilde dükkâna girdi:

– Necdet Abi, caddenin başında polisleri gördüm, hayırdır bir mevzu mu var?

– Boş ver Muzaffer. Hadi dükkânı kapatalım. Yeter bugün çok yoruldum.

Ardından hızlı bir şekilde dükkânı kapatıp eve doğru yola koyuldum. Bitmiş ve tükenmiş gibi hissediyordum kendimi. Polisler Tamer için karısını öldürmeye çalıştığını söylemişti ama buna inanmıyordum. Çünkü bir insanın gözlerinden belli olurdu içindeki kötülük. Bir de sürekli balkonda kitap okuyan bir adamdı Tamer, sıradan birisi olmadığı her halinden belliydi. Gerçi insanoğlu tuhaf bir canlıydı. Uygun şartlar oluştuğu zaman herkes katil olabilirdi. Geçen gün gazetede okumuştum. Rüstem adlı 27-28 yaşında bir genç, çocukluk arkadaşını çatıdan aşağıya itmiş ardından elindeki silahla intihar etmişti. "*Bir anlık cinnete bakar her* şey…" diye geçirdim içimden. Ama bir yandan da bu Tamer Eğreti bende büyük merak uyandırmıştı. Ve merakımı gidermem çok uzun sürmeyecekti…

III

Bu olayın üzerinden geçen birkaç gün boyunca Tamer'in sesi soluğu çıkmadı. Gözüm sürekli Tamer'in oturduğu dairenin balkonundaydı ama balkona çıkıp oturduğunu görmedim. Birkaç gün sonra dükkânın içinde bir müşteri için cam ölçüsü alırken, Tamer'in sesini duydum yine. Sokaktan geçen genç bir bayana ismiyle sesleniyordu. Dedim sonunda tanıdığı biri geldi herhalde bu delinin. Ama durum sandığım gibi değildi, baktım bayan da Tamer'e bağırıyor. Koşup bayanı uzaklaştırdım *"Mahallenin delisidir bu!"* diye. Ardından Tamer'e de bağırarak içeri girmesini söyledim. Deli ne yaptı dersiniz? Benden yarım ekmek dönerle ayran istedi. Ruh hastası resmen benimle dalga geçiyordu. İçten içe de Tamer'e merakımda artıyordu...

Aynı günün akşamı dükkânı kapattıktan sonra arka caddede bulunan dönerciden iki yarım döner ve ayran aldım. Tamer'le tanışma zamanıydı. Bir yandan da tedirgindim. Sağı solu belli olmazdı bu manyağın. Dükkândan çıkarken arka cebime koyduğum tornavidayı yokladım. Her ihtimale karşı ihtiyatlı olmak lazımdı...

Tamer'in oturduğu binanın önüne gelince kapı zillerine baktım. Adam manyaklıkta sınır tanımıyordu, 5 numaralı daire zilinin üzerindeki isim yerinde *Tamer Eğreti ve Gregor Samsa* yazıyordu. Tedirginlikle zile basıp basmama konusunda kararsız kaldım. Allahın delisiyle ne işim vardı? Geri dönmeyi düşünürken bir anlık refleksle elim zilin üzerine doğru gitti ve zili çaldım. Tek çalışın ardından kapı açıldı ve bina kapısından içeriye girdim. İki kat yukarı çıktıktan sonra, 5 numaralı daire kapısının açık olduğunu gördüm. Kapıya yaklaşıp içeriye göz attım, gayet düzenli bir eve benziyordu. Tam kapıyı vuracakken içeriden Tamer'in sesi geldi:

– Gel Necdet Abi gel! Ben de seni bekliyordum.

Duyulacağını aldırmadan orta derece bir "*Ha siktir!*" çektim. Ne demekti şimdi bu ben de seni bekliyordum? Ayakkabılarımı çıkarıp içeriye girdim. Karşı odanın girişinde Tamer belirdi:

– Ooo Necdet Abi, daha erken gelirsin diye bekliyordum.

– Ne demek lan o, hem sen benim geleceğimi nereden biliyorsun?

– Samsa söyledi, sürekli seni takip ediyor hiç görmedin mi?

– Lan oğlum al şu döneri de saçma sapan konuşmayı bırak.

Elimdeki içinde döner olan poşeti Tamer'e verdim. Ardından salona geçip oturduk. Balkon diğer odada olmalıydı. Gayet normal aklı başında bir insanın yaşadığı türde düzenli ve temiz bir evdi. Bazı delilerin temizlik takıntısı olduğu bilinen bir şeydi, belki de Tamer de o türün içerisindedir. Gerçi deliler dağınık ve düzensizdir diye bir kuralın olup olmadığını da bilmiyorum her neyse işte...

Tamer poşetin içinden döner ve ayranı çıkarıp teşekkür bile etmeden yemeye başladı. Ardından ben de Tamer'e uyup poşetin içinde kalan diğer döner paketini ve ayranı çıkarıp yavaş yavaş yemeye başladım. Bir yandan yerken bir yandan da Tamer'i seyrediyordum. Yemek faslı bittikten sonra Tamer:

– Gel Necdet Abi, seni Samsa ile tanıştırayım, dedi.

Samsa'nın kim olduğunu değil ne olduğunu merak ediyordum. Bir de Kafka vardı tabii. Oturduğumuz odadan kalkıp diğer odaya geçtik. Diğer odada dikkatimi çeken ilk şey üç katlı kitaplık oldu. Aslında ilginç olan kitaplık değil kitaplığın raflarına sıralanmış beyaz renkli kitaplardı. Hepsinin de boyu aynıydı ve görebildiğim kadarıyla hepsi de aynı kitaptı. Kitaplığa yaklaşıp kitapları incelemeye başladım. Hepsinin de üstünde *Franz Kafka* Dönüşüm yazıyordu. Sağ alt köşeden 1 numara ile başlayan kitaplar üçüncü katın ortasında 822'de son buluyordu. Kitaplığın en altında bulunan ağzı açık kolinin içinde ise aynı kitaptan onlarcası numarasız bir şekilde duruyordu. Anlam vermem zordu bu duruma, onlarca yıl boyunca tek kitap okumamıştım. Belki okusaydım Kafka'nın kim olduğunu bilirdim. Tam raflardaki kitaplardan birini almış bakmaya hazırlanırken, Tamer seslendi:

– Gel Necdet Abi bak, Samsa ve ailesi.

Arkama dönüp Tamer'in işaret ettiği yere baktım. Daha yeni midemde dolanan döner ve ayranı çıkarmam an meselesiydi. Tamer'in parmağıyla işaret ettiği yerde devasa bir akvaryum vardı. Odaya girdiğim zaman üzerinde örtü vardı, şimdi Tamer örtüyü kaldırmış parmağıyla akvaryumu işaret ederek iğrenç bir görüntüyü işaret ediyordu. Akvaryumun içinde normalde balık beslenirdi, en azından ben bu yaşıma kadar böyle görmüştüm. Ama Tamer'in işaret ettiği devasa akvaryumun içinde balık değil simsiyah bir böcek sürüsü vardı. İğrenerek, biraz da tedirginlikle akvaryuma yaklaştım. Simsiyah böceklerin ortasında bir tane de devasa bir böcek duruyor, sanki bütün böcekleri yönetiyordu. Tamer sağ elini akvaryumun içine uzatarak büyük böceğin sırtını okşadı ve bana döndü:

– İşte Samsa ve ailesi Necdet Abi.

Boş gözlerle Tamer'i ve akvaryumdaki iğrenç görüntüyü izliyordum. Tamer de şaşkınlığımı görmüş olacaktı ki:

– Tedirgin olma Necdet Abi, gel balkona geçelim sana ağır geldi bu görüntü, diyerek elindeki örtüyü tekrar akvaryumun üzerine örttü. Balkona çıkan Tamer'i izledim. Balkonda karşılıklı duran sandalyeye oturduk, Tamer gömlek cebinden iki sigara çıkarıp birini bana uzattı. Sigarayı uzun zaman önce bırakmıştım ama tekrar başlamak için bundan iyi bir fırsat olamazdı. Sigarayı reddetmeden aldım. Tamer önce kendi sigarasını yaktı sonra benimkini, ardından sanki soru sormuşum gibi konuşmaya başladı:

– Samsa beni bu hayatta en iyi anlayan varlık Necdet Abi. En azından diğer insanlar gibi beni sorgulamıyor, Samsa hayatın bütününü sorguluyor aslında. İçinde yaşadığımız toplumu, düzensizliği kendini akıllı ve güzellik abidesi zanneden iki ayaklı varlıkları sorguluyor. Ama Samsa seni sevdi Necdet Abi, zaten sevmese şu anda burada karşılıklı oturuyor olmazdık!

– Çok mu akıllısın yoksa çok mu delisin bilmiyorum Tamer ama ilginç bir kişilik olduğun kesin. Daha iki hafta oldu mahalleye geleli, mahallenin dedikodu konusu oldun. Ama ben mahalledekilerin düşündüğü gibi birisi olduğunu zannetmiyorum senin. Mutlaka bir sebebin vardır! Ama tedirginim, sana sormak istediğim bir şey var, bunun cevabını verebilirsen daha rahat hissedeceğim kendimi. Bugün başıma musallat ettiğin polisler senin bir süre bazı sorunlar yüzünden hastanede yattığını söylediler, birisini öldürmeye çalışmışsın. Gerçekten doğru mu bunlar?

– Gaye'yi öldürmeye çalıştım!

– Gaye'yi mi, karının adı Gaye miydi?

– Evet, ismi gibi güzel bir yaratıktı, ama çok nesneldi, yapmacıktı, sahteydi, benim içimdekileri göremeyecek kadar sığ biriydi. Tabii ki bunlar bir insanı öldürmeye teşebbüs etmek için yeterli sebepler değil. Ama bu devirde bir insanı öldürmek için bahaneye ihtiyacı yok ki insanın, hem siz daha iyi bilirsiniz mahalle olarak bu durumu!

Tamer'in ima ettiği son cümleden neyi kastettiğini biliyordum. Rüstem ve İhsan'ın ilginç ölümleri mahalledeki herkesi şoka uğratmıştı, mahallenin üç genci, üç çocukluk arkadaşı bir anda saçma sapan bir hikâyenin içinde kurban olmuştu. İkisi ölmüş, biri de bu olaydan sonra hastanede tedavi görürken kayıplara karışmıştı. Üçü de sağlam ayakkabı değildi ama yine de mahallenin çocuklarıydı, her birini severdim, saygılı çocuklardı. Bu yaşanılan olaydan sonra mahalle uzun bir süre kendine gelememişti. Tamer mahalleye taşınmadan önce olmuştu bu olay, muhtemelen gazetelerden öğrenmişti. Gerçi ben Tamer'in yerinde olsam bunu bile bile taşınmazdım bu mahalleye. Gerçi benim dediğim de laf mı? Tamer zaten şu ana kadar anladığım kadarıyla her türlü manyaklığa açık biriydi. Belki de sırf bu olay yüzünden bile buraya taşınmış olabilirdi. Düşüncelerimden sıyrıldım:

– Üzücü bir olaydı, gençlerden ikisi hayatını kaybetti. Gerçi biri zaten bu son olay yaşanmadan iki ay önce hayatını kaybetmişti, son olaydan sonra biri kayıplara karıştı, diğeri de bildiğin gibi işte. Allah rahmet eylesin ne diyelim?

– Rüstem'le tanışmayı isterdim. Nasıl bir düşünce yapısına sahip olduğunu anlamak isterdim. Eee ne yaparsın Necdet Abi? Deli deliyi çeker.

– Gayet mantıklı bir adama benziyorsun, beni neden polise saçma sapan bir sebeple ihbar ettin?

– Aaa Necdet Usta, dedim ya sana sakın Kafka'ya küfretme diye.

– Nasıl lan, manyak mısın oğlum sen? Yazarın birine küfrettim diye mi yaptın sen bu saçmalığı?

– Bence ucuz yırttın Necdet Usta, ben bu yüzden karım Gaye'yi öldürüyordum da son anda Gregor girdi araya.

– Nasıl lan?

– Bir gün eve kucağımda küçük bir akvaryumla geldim, içinde içerideki akvaryumda gördüğün ailenin büyük ferdi Gregor vardı. Sonrası zaten benim durumu Kafka üzerinde Gaye'ye izah etmeye çalışmam, onun beni dinlememesi, sonrasında Kafka'ya ağzına geleni sayması ve benim cinnet anım, kısaca hikâyem bu.

– Nasıl lan, az önce basit sebepler insan öldürmeye yetmez demiyor muydun?

– Necdet Usta beni hiç dinlemiyorsun, bir kere sonuna ekledim. Birisini öldürmek isteyen insan bahaneye ihtiyaç duymaz, o bahaneyi yaratır. Çünkü içindeki vahşilik kontrol dışına çıkmıştır. Benim durumum biraz farklı, hem Kafka'ya küfretmek basit bir sebep değil. Ve senden bunu kavramanı zaten beklemiyorum.

– Kavramama yardımcı ol o zaman.

– Bak Necdet Usta, biz insanlar olarak makine gibi işleyen bir sistemin parçasıyız ve bize toplum diyorlar. Düşünme yeteneğimizin olduğunu zannediyoruz ama birileri zaten bizim yerimize düşünüyor. Hep bize dayatılanı kabul ediyoruz, bize dayatılanı sorgulamıyoruz. Örnek sen bir camcısın, hayatın umursamadığı bir mahallenin içerisinde sadece nefes alan bir bitki gibi yaşıyorsun. Ben de öyle yaşıyorum, hatta bütün insanlar böyle yaşıyor. Bitkiler bile kendi özlerinin neye bağlı olduğunu biliyorlar. Toprakla iç içe geçmiş yeryüzüne hayat veriyorlar. Peki ben burada ne yapıyorum? Ya da sen ne yapıyorsun? Ben bir şeyleri anlamaya kavramaya çalışmıyorum. Sadece kendi farkıma, kendi özüme ve kendi yaşam kaynağıma ulaşmaya çalışıyorum. Evet cinayete teşebbüs eden bir caniyim belki ve bunun tek açıklaması Kafka falan değil aslında, o sadece görünen kısmım benim, yani benim bahanem. Karımı öldürmek istedim, çünkü çok basitti, nefret ediyordum. Az önce sana ne dediğimi hatırlıyor musun? Birini öldürmek isteyen insanın bahaneye ihtiyacı yoktur, eğer birini öldürmeyi kafasına koymuşsa o bahaneyi zaten kendi kendine yaratır. Benim bahanem Kafka oldu, mantıklı mı? Tabii ki hayır. Elle tutulur bir tarafı bile yok. Ama sonrasında Kafka ve kurguladığı Gregor Samsa karakteri benim takıntım oldu. İnsanların deliler hastanesi dediği yerde ben hayatımın en güzel iki yılını yaşadım. Çünkü orada seni sorgulayan, seni yadırgayan, senin bir topluluğa bağlı olduğunu hatırlatan bir şey yok! Orada bir topluluğun içinde gözüksen bile aslında durum farklı. Orada kendinle baş başasın, özgürsün. Toplumun dışladığı kesim işte orası! Orada toplumun içinde olma zorunluluğun yok, çünkü orada olma sebebin toplumdan dışlanmak! Dışarıya çıktığımda ise durum birden tersine döndü, delirecek gibiydim. Ve hâlâ öyleyim. Aslında cinnet safhasına gelene kadar sistemin bana verdiği rolü hakkıyla yerine getiriyordum. Başarılıydım, önemsenen birisiydim. Bu başarı ve bütün üstün gördüğüm şeyler benim çöküşümü hızlandırdı. Kafka hayatı boyunca toplumdan kaçan birisiydi, sürekli çevresi tarafından dışlanan bir hasta muamelesi gören bir adamdı, hatta aşırı derecede özgüvensiz bir adamdı. Ama aynı zamanda bu özgüvensiz ve toplumun dışladığı adam, toplumu en iyi tanıyan ve sistemi en iyi analiz eden insanlardan biriydi. Eğer ben Gregor Samsa'nın yerinde olsaydım ne yapardım, hep bunu düşünüp duruyorum. *Dönüşüm*'ü defalarca okudum ve hâlâ okuyorum. Ama her okuyuşumun ilk defa okuma hissi vermesi için hep yenisini alıp onun üzerinden okumaya devam ediyorum. Bu takıntının sonucu da içeride gördüğün *Dönüşüm* koleksiyonu oldu. Onun dışında gayet normal sıradan bir adamım. Sadece bazı zamanlar sokaktan geçen insanları devasa böcekler olarak görüyorum. Onun dışında bir sorunum yok. Peki sen Necdet Usta, hayatında hiç, bir şeyleri sorgulama isteği duydun mu? Her insan mutlaka bir şeyleri sorgular, en azından bazı zamanlar bir şeyleri sorgulamaya ihtiyaç duyar. Peki senin sorguladığın ne?

Sorumsuz, vurdumduymaz ve dışarıdan deli olarak görünen Tamer'in konuşması beynimin içerisinde bir şeyleri harekete geçirmişti, Nermin'in ölümünden sonra ilk defa içimde biriken her şeyi bir çırpıda dışarıya çıkarmak istiyordum şu anda. Belki de konuşabileceğim, içimi dökebileceğim, bir şeyleri paylaşmanın ötesinde bir şeyleri teslim edebileceğim bir adamdı Tamer, daha fazla kendimle savaşmam yersizdi, Tamer'in balkonun kenarına koyduğu sigara paketinden bir sigara aldım. Yakıp içime çektiğimde göğüskafesimin içinde dolaşan, oradan mideme, damarlarıma sızan ve kan akışımı yavaşlatan öfkelerimin, acılarımın, yaralanmışlığımın patlamaya hazırlandığını hissediyordum. Tamer'e baktım. Sadece konuşmamı bekliyordu, parmak uçlarımda titreyen sigaradan sert bir duman daha çektim içime, ardından daha fazla düşünmek yerine konuşmaya başladım:

– Benim sorguladığım ne! Sorguladığım bir şey olup olmadığını bile bilmiyorum. Bir şeyleri sorgulamak için fazla yaşlı hissediyordum kendimi. Yıllar önce olsaydı belki bazı şeyleri sorgulayabilirdim, ama Nermin, eşim on iki yıl önce hayatını kaybetti. Ben o zaman sorgulamayı bıraktım aslında. Çünkü bir şeyleri sorgulamanın bir faydası olduğunu zannetmiyorum. En azından ben bir faydasını görmedim. Hayat sana istediklerini değil, kendi istediklerini vererek bunlarla yaşamanı istiyor. Belki de eksik çaba gösteriyoruz ya da gerçekten hayat tarafından dışlanmış insanlarız bilmiyorum. Ama yine de iyi durumdayız bence, ya daha kötüsü olsaydı!

O dakikaya kadar sessizce dinleyen Tamer konuşmamı bölerek:

– Daha kötüsü ne Necdet Usta, dedi. Eğer buradan dünyada diğer insanların yaşadığı açlık, sefalet ve yaşadıkları savaşları kastediyorsan kusura bakma, senin o insanlardan olmaman senin de berbat bir hayat yaşamadığın anlamına gelmez! Evet elindekilerin kıymetini tabii ki bilmeli insan. Ama buradaki sorun elimizdekilerin kıymetini bilmek ya da bilmemek değil! Buradaki asıl sorun, sistem denilen makinenin bizlerden kendimizi avutarak yaşamamızı istemesi. Örneğin toplumdaki insanların birçoğu yaşadıkları olumsuzluklarla savaşmak yerine bu olumsuzlukları kabullenip kader diyerek kendilerini avutmaktadırlar. *Kader* sistemi ayakta tutan bir güçtür. Bir kabulleniştir, sorgusuz itaattir ama bu toplumda yaşayan insanlara göre böyledir. Çünkü sistemin bizlere kaderi sunuş tarzı budur! Yaratıcı bile insanlara "*Düşün ve sorgula!*" derken, nasıl olur da insanlar kaderi böyle yanlış anlayabilir? Kader düşünmektir, sorgulamaktır, kendi yolunu kendin çizip, mücadele ederek amacına doğru çıktığın yolda ilerlemektir. Her insanın kendi elinde kaderini çizdiği bir kalem vardır. Eğer sen kalemi doğru tutup bu resmi doğru çizersen, istediğin yere ulaşırsın. Ama eğer sana verilen kalemi başkalarının eline verir, senin yerine hayatını şekillendirmesini beklersen, istediğin yere değil onların istediği yere ulaşırsın, bu da insanın yaratılışına ters bir durumdur. Bunun sonucunda kendini avutan ve sorgulamadan itaat eden bir kukla olursun. Durum bundan ibaret!

Tamer'in söyledikleri baştan aşağıya doğruydu aslında. Dünyaya gelen her insan gibi ben de basit birer kuklaydım aslında. Ne gençlik yıllarımda ne de sonrasında bir anlam arayışı içerisinde olmamıştım. Çünkü sistemin dayattığı her şeyi kana kana içmiş ve bunun sonucunda da kendimden kopup anlamsız bir insan haline gelmiştim. Daha bir saat öncesine kadar birisi bana kendimi tanımlamamı söylese camcı Necdet Usta olarak tanımlardım kendimi. Ama artık kendimi nasıl tanımlamam gerektiğini bilmiyordum. Dahası şu andan itibaren kim olduğumla ilgili ciddi kuşkularım vardı. Sahi kimdim ben, bu hayatta amacım neydi, neyin peşindeydim? Yaşım 52 olmuştu, bu yıla kadar böyle düşüncelerim olmamıştı. Ama artık ciddi bir şekilde hangi amaç uğruna bu hayatta yaşadığımı merak ediyordum. İçimdeki düşüncelerle çatışırken Tamer yerinden kalktı ve içeriye girip rafta duran Kafka'nın *Dönüşüm* kitaplarından birini aldı ve gülerek bana uzattı:

– Al Necdet Usta, farkındayım nereden başlayacağını merak ediyorsun. Bundan iyi başlangıç noktası olamaz. En iyi ihtimalle sen de benim gibi devasa böcekler görmeye başlarsın sokaklarda, sonrasını merak etmene gerek yok! Nasıl olsa ben buradayım.

Tamer'in uzattığı kitabı aldım, üzerindeki numaraya baktım. Bu Tamer'in okuduğu ilk *Dönüşüm* kitabıydı, Tamer'i bu noktaya sürükleyen her şey bu kitapla başlamıştı. Başlangıç elimde duruyordu, beyaz kapaklı kitabın üzerinde yazarın resmi vardı. Ben olsam üzerine böcek resmi koyarım diye düşündüm. Yavaşça kitabı inceledim ve hikâyenin başladığı ilk sayfayı açtım. Tamer'i delirten ve belki de kitabın yazarı Kafka'yı delirten öykü şöyle başlıyordu:

"Gregor Samsa bir sabah bunaltıcı düşlerden uyandığında, kendini yatağında dev bir böceğe dönüşmüş olarak buldu."

Etkileyici ve meraklandırıcı bir girişti, şimdiden bu delilik öyküsünün nasıl son bulacağını merak ediyordum. Tam Tamer'e teşekkür edecekken içerideki akvaryumdan, *"Merhaba, ben Gregor..."* diye bir ses duydum. Aklımın bana oyun oynadığından emindim, oturduğum sandalyeden kalkıp içeriye girdim. Tam akvaryumun üzerindeki örtüyü kaldıracakken vazgeçtim. Dönüp Tamer'e baktım umursamaz bir şekilde gökyüzünü izliyordu. Bir şey demeden sessizce daireden çıktım. Binadan çıkıp gökyüzüne baktığımda ise beynimin içinde değişik düşünceler birbiriyle savaşıyordu. Sokak lambalarıyla aydınlanan tenhalaşmış caddeye baktım. Tek tük geçen insanların yüzlerinde ne yaşadıklarını anlamaya çalıştım. Ama bunu anlamam mümkün değildi, ardından elimdeki kitaba baktım. O an kaosa sürüklenen bu dünyada küçük bir böcek olmayı istedim. Gayet makul bir seçenekti, çünkü asıl derdim insanlardan uzaklaşmak değildi, zaten yıllarca insanlardan uzaktım. Bütün sorunum kendi kişiliğimleydi, kendimden uzaklaşmak, kendimden kopmak ve hiç bilmediğim bir evrende insan ötesi bir varlık olarak uyanmak istiyordum. İçimde dalga dalga büyüyen karanlığın artık ne olduğunu biliyordum. İnsan olmanın verdiği bir huzursuzluk içime sinmiş ve içimden taşmak üzereydi. Tekrar başımı kaldırıp gökyüzüne baktım, karanlık gökyüzü sanki bir şeylerden korkarcasına yüzlerce yıldıza sarılmıştı. Gökyüzünün o sonsuz gözüken karanlığının içinde parlayan yıldızlar birer gece koruyucusu gibi geldi gözüme. Karanlığın içinde düşüncelerim ve hislerimle çarpışırken Tamer'in sesi içine düştüğüm ruh halinden çıkardı beni:

– Gökyüzüne fazla kafayı takma Necdet Usta.

– Nedenmiş o?

– Deliliğin ilk aşaması gökyüzüne sarılmaya çalışmaktır!

– Sen nereden biliyorsun bunu?

– Çünkü ben de böyle delirdim...

"Her insan hayatı boyunca hatalar yapar. Ve her insan hatalarından ders aldığına dair sözler verip, bir daha aynı hataları yapmayacağına inandırır kendisini. Ama çok azı bunu başarır. Birçoğumuzu aynı hataları defalarca yapmaya devam eder. İnsan işte hatalar üzerine kurulmuştur, yaşayıp hataları düzeltmek elimizdeyken yenilerini yükleniyoruz omuzlarımıza..."

En son okumuş olduğunuz metnin ya da önermenin her ne haltsa işte, bu öyküyle nasıl bir ilgisinin olduğunu henüz biz de bilmiyoruz...

Tamer Eğreti

Jüpiter-2450

ÇETİN ABİ VE TOMMİKS

Karamsar bir ruh haline sahibim. Aklımın içinde bana sürekli oyunlar oynayan insanlar var sanki. Hiçbir işe iki elimle sıkıca sarılmak gelmiyor içimden. En iyi yaptığım şey kitap okumak. Ve amaçsızca saatler boyu kitaplığımdaki kitaplara bakarak o kitapları yazan yazarların nasıl bir hayat yaşadığını merak ederek vaktimi harcamak. Bundan büyük bir zevk alıyorum aslında. Dibi görünmeyen bir çukurun içinde kaybolup gidiyor ruhum. Bu ruh halinden çıkamıyorum bir türlü. Ama çok da mutlu oluyorum...

Açıkçası düştüğüm bu çukurdan çıkmak için çaba falan göstermiyorum...

Kitaplarla ilkokula başlamadan önce tanıştım. Daha doğrusu tanıştırıldım. Annem o yıllar haftalık yayımlanan *Türkiye Çocuk* dergisini hiç aksatmadan alırdı bana. Ben de ara ara mahallemizin bakkalı Çetin Abi'den gazetelerin yanlarına koyduğu *Zagor*, *Teksas*, *Tommiks* gibi çizgi romanlardan alırdım, iki kuruşluk harçlığımı hep çizgi romanlara yatırırdım. Kitapları sevmemi sağlayan iki kişi vardır benim için. Birisi annem, diğeri de bakkal Çetin Abi. Çetin Abi elimi boş bırakmazdı, bazen iki sayı birden verirdi bana. Çok uzun yıllar sonra hesapladığımda, o zamanki harçlığımın çizgi romanların bir tek sayısını bile karşılamadığını anladım. Geçen sene *Zagor*'un eski sayılarından birini okurken Çetin Abi geldi aklıma. Bir anda çocukluğumun geçtiği mahalleye gidip, yerinde duruyorsa Çetin Abi'yi görmek istedim. Hatta varsa birkaç tane de çizgi roman alırdım. Hava güzeldi, yapacak da bir işim yoktu zaten. Gaziosmanpaşa'da oturuyordum. Eski mahallem Eyüp'teydi, tek vesaitlik otobüsle Eyüp'e gittim. Otobüsten inip 15-20 dakika yürüdükten sonra çocukluğumun geçtiği mahalleye girdim. Eskiden oturduğumuz bina ve diğer binalar yerli yerinde duruyordu. Ama ağaçların hiçbiri yerinde yoktu. Binamızın önünde duran akasya ağacı yoktu. Çok severdim o ağacı, bir dalı bizim balkona doğru uzanır ve bizim balkonun önünden tekrar aşağıya iner, alt katta oturan Yaseminlerin balkonunda son bulurdu. Akasya ağacı yerinde yoktu. Ben yerimde yoktum. Yasemin yerinde yoktu...

Anılarımı orada bırakarak bakkal Çetin Abi'nin olduğu sokağa doğru yürümeye başladım. Köşeyi döndüğüm zaman heyecanlandım. Aman Allahım, işte orada duruyordu! Sadece tabelası değişmişti ama hâlâ adı Çetin Bakkal'dı. Büyük bir heyecanla yirmi yıl öncesine doğru yürüyordum. Açıkçası bir hayli de şaşkındım. İçinde bulunduğumuz sistemde bir bakkalın yıllarca ayakta durması takdire layık bir olaydır. Heyecanlı adımlarla bakkala girdim. İçeride kırklı yaşlarda bir adam duruyordu ve o Çetin Abi değildi. Ama bakkal hiç değişmemişti, sanki birisi yirmi yıl önce kapısını kilitlemiş ve yirmi yıl sonra geri gelip yeniden açmıştı. İçeriye göz gezdirdim. Gazetelerin bulunduğu yerin yanına baktım. Çizgi roman ya da dergiye ait bir iz yoktu. Çokoprens ve Halley'ler vardı gazetelerin yanında. İşte o zaman bakkalın değiştiğini anladım...

Çocukluğumun büyük bir parçası olan küçücük bakkalın içine göz gezdirirken, Çetin Bakkal'ın sorumlusu olarak algıladığım ama Çetin Abi olmayan adamın sesiyle irkildim:

– Buyurun nasıl yardımcı olayım?

Sanki bakkal değil de koca giyim mağazasının satış elemanıydı adam. Ayıp olmasın diye çizgi romanların olmadığı yerde duran Halley'lerden aldım bir tane. 1 lira uzatıp verdim adama, para üstü olarak 50 kuruş verdi. İçimden dayanılmaz bir dürtü Çetin Abi'yi sormam gerektiğini söylüyordu. Ve içimdeki dürtünün sesini dinleyerek:

– Çetin Abi buralarda mı, diye soruverdim adama.

Adam şaşırmış gözlerle bana baktı.

– Oğluyum ben, konu neydi acaba, diyerek soruya soruyla karşılık vermişti. İyice uyuz olmuştum Çetin Abi'nin oğlu olduğunu öğrendiğim adama. Burada de, ya da yok de! Bu kadar zor mu?

Ne cevap versem diye düşünüyordum. Geçmişten geldiğimi söylesem nasıl bir tepki verirdi acaba?

– Ben küçükken burada oturuyorduk. Bir iş gereği yolum buraya düştü. Merak edip sordum.

Adamın cevabı benim için çok acı verici oldu:

– Babamı yedi yıl önce kaybettik.

İşte o an, çocukluğumun ölmüş olduğunu anladım. Ne ara açıp ağzıma attıysam Halley boğazıma takıldı nefes bile alamadım. Üzüntümü sezmişti Çetin Abi'nin oğlu.

– Pardon, sizi bu kadar etkileyeceğini düşünmemiştim. Ben alıştım artık, ama sizi neden etkiledi bu kadar, diye soruverdi.

– Boş ver abi, uzun hikâye, dedim. Adam tebessüm ederek baktı bana:

– Vaktin varsa buyur otur delikanlı çay ikram edeyim. Hem laflarız, merak ettim doğrusu.

Bu teklife karşı koymak gelmedi içimden. Köşede duran iskemleye oturdum.

– Bu arada adım Enver, dedi Çetin Abi'nin oğlu. Kısa süren tanışmamızdan sonra, Enver Abi konuya girmemi bekliyordu. Ben nereden konuya girsem diye düşünürken, kurtarıcım iki çocuk oldu. Bakkala girip iki tane Max dondurma aldılar. Enver Abi para üstünü verirken ben de nereden başlayacağımı bulmuştum. İlk olarak başsağlığı dileyerek girecektim konuya. Etkili bir giriş:

– Başınız sağ olsun, Çetin Abi iyi adamdı.

Enver Abi başını sallayarak:

– Dostlar sağ olsun, diye cevap verdi. O sırada çaylarımız geldi. Şeker istemediğimi söyleyerek kaşığı ve şekerleri bırakıp çayı aldım. Demli ve sıcak çaydan bir yudum aldım. Nasıl anlatsam diye düşünürken, Enver Abi:

– Hadi delikanlı meraktan öldürme beni. Severim çocukluk hikâyelerini, anlat bakalım, dedi.

Bir yudum daha aldım çayımdan, o sırada Enver Abi sigara uzattı reddetmedim. Sigaramı da yakıp anlatmamı bekliyordu. Ben de direkt girdim *Zagor*'dan, *Teksas*'tan. Ne kadar konuştum bilmiyorum ama. Aklımda Çetin Abi'ye dair kalan ne varsa hepsini anlattım Enver Abi'ye.

– İşte bu kadar abi, dedim.

Enver Abi gülerek:

– Ben seni hatırlıyorum, dedi.

Şaşırma sırası bendeydi, demek ki önemsiz gibi gözüken bazı geçmiş anıları insan asla unutmuyor. Sevinmiştim de aslında. Hiç tanımadığım yabancı birisinin çocukluğumu kastederek ben seni hatırlıyorum demesi beni çok sevindirmişti.

– Anlatma sırası sende Enver Abi, şimdi de ben merak ettim.

Bu sefer ağırdan alma sırası Enver Abi'deydi. Oturduğu sandalyede arkaya doğru iyice yaslanarak:

– Dur bir sigara daha yakayım, içer misin, dedi.

Bende hiç reddetmeden:

– Ver abi ver, hatta paketi ver, dedim.

Enver Abi paketi uzattı. Sigaralarımızı yaktık ve Enver Abi başladı anlatmaya:

– Üniversite yıllarım. Derslerim berbat, okulu falan bıraktım. Geldim İstanbul'a. İş yok güç yok. Boş boş geziyorum takılıyorum arkadaşlarla. Babam sürekli kızıyordu bana, gel bari dükkânda dur diye. Artık daha fazla kaçacak yerim olmadığını anladığımda ara ara dükkânda durmaya başladım. Bir gün dükkâna altı yedi yaşlarında bir çocuk geldi. Velet baktım çizgi romanlardan birini alıp çizgi romanın yarısı kadar para uzattı babama. Babam gülerek aldı iyi okumalar evlat diye, bıraktı veledi. Velet gittikten sonra, yani sen gittikten sonra, babama eksik para aldığını söyledim. Babam da sanki bunu bekliyormuş gibi. Açtı ağzını yumdu gözünü. Kazık kadar adam olmuşum. Çizgi roman bile olsa hiçbir şey okumuyormuşum, benden adam olmazmış ama, o bacak kadar veletten, yani senden adam olurmuş falan filan, fırça üstüne fırça.

Enver Abi birden susarak tekrar sigaraya uzandı, ben de içimden, "*Vay arkadaş, adam altı yaşındaki çocuğa nefret beslemiş lan!*" dedim içimden. İşin kötüsü o çocuk bendim ve şu anda 25 yaşımdaydım. Ama bir şey demedim. Sonuçta mekân Enver Abi'nin, adamın yerinde racon kesecek halim yok. Mevzunun devamını da merak ediyordum açıkçası. Enver Abi de fazla merak içinde bırakmadı beni anlatmaya devam etti:

– Her neyse, delikanlı sonrasında birkaç kez daha gördüm seni hep aynı sahne tekrarlandı. Ben de açıkçası sana uyuz oldum. Hatta dedim içimden şu veledi yakalasam bir yerde biraz korkutsam, bir daha bizim bakkala gelmese, ben de babamla papaz olmasam falan. Ama tabii ki o kadar da dengesiz değiliz. Her neyse, ben de başka yerde iş bulup uzaklaştım bakkaldan. Sonrasında babamın sağlığı bozulmaya başlayınca bakkalla ben ilgilenmeye başladım. Zaten tek çocuğum ben kardeşim falan da yok, bakkalın yeri de iyi. Hem baba yadigârı satıp uzaklaşmak istemedim buralardan, belki birkaç yıla bir değişikliğe gideriz. İşte delikanlı bendeki hikâyen de bu.

Hayretler içerisinde dinlemiştim Enver Abi'yi:

– Vay be, altı yaşımda düşman edinmişim, dedim gülerek.

Enver Abi:

– Olur mu öyle şey delikanlı, ne düşmanı? Bak yıllar sonra çay içiyoruz, dedi.

Birkaç sıradan muhabbetten sonra Enver Abi babasını, yani Çetin Abi'yi anlatmaya başladı. Kitapları seven sürekli kitap okuyan bir adammış Çetin Abi. Enver Abi anlattıkça Çetin Abi'yi düşünüp durdum. Ardından baktım muhabbet duygusala bağlayacak, bense hiç tahammül edemem duygusal sahnelere, yani ne gereği var tutamam kendimi ağlarım filan başımıza iş açmanın gereği yok. Teşekkür edip kalktım. Gitmeden son bir kez daha "Çetin Bakkal" tabelasına baktım. Bakkalın girişinde Enver Abi:

– Eyvallah, uğra ara sıra, dertleşiriz, diyerek el salladı.

Ben de:

– Eyvallah, mutlaka uğrarım, diyerek karşılık vererek yürümeye başladım. Ama bir daha hiç uğramayacağımı biliyordum. Çünkü o bakkalın içinde Çetin Abi yoktu. Benim çocukluğum yoktu. Enver Abi de iyi adamdı ama Çetin Abi kral gibi adamdı. O yoksa ben bir daha o bakkala adım atmazdım…

BÖLÜM 3:

PARAMPARÇA RUHLAR

"Kapalı gözler, ruhu seyretmenin en güzel şeklidir..."

– Victor Hugo

Biraz öfkeli, biraz yorgun!

Bizleri acılara alıştıran bir ülkenin çocuklarıyız…

BEZGİN KÖPEKLER

Çok fazla yalancı var bu memlekette ve çok fazla ahmak insan var...

İlkönce bize yeni bir hayat getirdiklerini söylediler, inandık. Çünkü inanmaya mecburduk, köyümüzün dört bir tarafını çevreleyen umut duvarları arasında hayata tutunmaya çalışıyorduk...

Ardından fiyakalı adamlar ve kadınlar geldiler, önce bizim köye girdiler. Köy halkını topladılar meydanda, onlarca güzel şey anlattılar bize. Bütün köy halkı inandı, çünkü inanmaktan başka çareleri yoktu...

Sonra topraklarımıza girdiler, her karış toprağı milim milim incelediler. Ben anlamıştım topraklarımızda gözleri vardı. Bağırdım çağırdım köy halkına bir türlü derdimi anlatamadım. "*Yapmayın!*" dedim. "*Topraklarımızı alıp bizi yerimizden yurdumuzdan edecekler...*" dedim. "*Sen ne anlarsın İbrahim?*" dediler. "*Biliyorum siz de inanmıyorsunuz o insanlara...*" dedim. "*Bu sefer farklı İbrahim, bu sefer umutluyuz...*" dediler.

Dediler demesine de, hiçbiri inanmıyordu aslında güzel sözlerle beyinlerine giren insanlara. Peki inanmadıkları halde neden o insanların dediklerini yapıyorlardı? Çok basitti aslında, akıllarına şüphe denilen o sarmaşık dolanmıştı bir kere. "*Ya doğruysa, ya dediklerini yaparlarsa?*" İşte bu düşünceler akıllarına girmişti. Dönüşü yoktu artık bu yolun…

– Adın ne senin?

– İbrahim.

– Söylesene İbrahim, bu hayattaki en büyük hayalin nedir?

– Ben hayal kurmam beyim.

– Olur mu öyle şey İbrahim? Herkes hayal kurar.

– Bizim buralarda kimse hayal kurmaz beyim. Bizler artık hayal kurmaya bile korkar olduk.

– Neden İbrahim? Kim korkuttu sizi?

– Siz korkuttunuz beyim.

– Biz ne yaptık İbrahim size?

– Ne yapmadınız ki? Sürekli gelip güzel şeyler anlatıp gidiyorsunuz. Bizleri umutlandırıyorsunuz ama sonra anlattığınız şeylerin hiçbirini yapmıyorsunuz. Bu yörenin insanlarına bu kadarı fazla artık beyim. Bizim elimizde sadece umudumuz kaldı. Ne olur onu da almayın elimizden. Çok yorulduk, hayata tutunmaya çalışıp düşmekten. Yere düşüp kalkamamaktan. O köy meydanına topladığınız insanların hiçbiri artık inanmıyor size. Bakmayın siz onların öyle merakla dinliyormuş gibi yaptıklarına. Kimsenin anlattıklarınızı merak ettiği falan yok. Sadece umut edip dinliyorlar. Yoksa onlar da biliyor anlattığınız şeylerin dilde kalacağını…

– Anlıyorum İbrahim.

– Anlamıyorsun beyim. Anlasaydın şu anda burada olmazdın. Neyse boş ver beyim şu sigaradan bir tane alabilir miyim?

– Tabii ki İbrahim, al paket sende kalsın.

– Yok olmaz beyim, gâvur sigarası bu, biterse buralarda bulamazsın. Siz bizim buranın tütününü içemezsiniz, berbat bir tadı var meredin.

– Akıllı birine benziyorsun İbrahim, hiç köyünden dışarıya çıkmayı düşünmedin mi?

– Ben dışarıda yaşayamam, bizim köyün mezarlığı bile sizin şehirlerinizden daha huzurlu. Hem baksanıza şu gökyüzüne sizin şehirlerinizde böyle gökyüzü bulabilir miyim?

Başını kaldırıp gökyüzüne baktı. Yüzüne düşen sıcak güneşi ve çevresinde öten kuşların seslerini içine çekti. Yaşadığı hayatı düşündü, bu köydeki insanları düşündü. Ailesini düşündü, karşısında oturan umursamaz gözlerle kendisine bakan İbrahim gibi binlerce insan olduğunu düşündü bu hayatta…

– Keşke İbrahim senin yerinde ben olsaydım.

– Ha, duyamadım beyim?

– Ateşini ver İbrahim, bir sigara da ben içeyim.

Uzandı İbrahim'in parmak uçlarından dibine gelmiş sigarayı aldı, sigarasını yaktı derin bir nefes çekti içine. Sonra başını kaldırıp gökyüzüne baktı…

Ve çok uzaklarda bir köpek havladı…

SİGARA

Uzun zamandır sigarayı bırakmak için kendine telkinler veriyordu. Her akşam, "*Son kez içiyorum bu meredi!*" diyerek son kez yakıyordu sigarasını. Sabah olunca boş bir zihinle uyanmak ve bir daha sigara içmek istemiyordu. Ama her sabah kalktığında zihninin içinde kalan fikir artıkları büyük bir can sıkıntısına sürüklenmesine sebep oluyordu. Sigaranın bir kurtuluş olmadığını biliyordu. Yine de bu zıkkımı neden içtiğine dair hiçbir fikri yoktu. Birkaç gün önce gazetede okumuştu, sigaranın içinde dört bine yakın yabancı madde varmış ve bunlardan elli tanesi farklı kanser türlerini tetikliyormuş. Çok korkuyordu aslında illet bir hastalık yüzünden ölüp gitmekten. Aklına üşüşen bu hastalık fikri yüzünden sigaraya sımsıkı sarılıyordu. Sigarayı yakıp içine çekişi bütün dertlerinden arındırıyordu onu. Hiç inanmadığı bir dinin kuralı gibiydi sigara içmek! Dumanı içine çekip her üfleyişinde bütün günahlarından arınıyordu sanki, vaftiz edilmiş gibi hissediyordu kendini. Saçma ve aptalca bir düşünce gibiydi belki bu durum. Ama ne kadar aptalca olursa olsun, hissettiği şey tam da buydu işte, günahlarından sigara içerek arınmak!

O sabah yine her zamanki gibi gözlerini açar açmaz yanı

başında duran küçük ahşap sehpanın üzerinden sigara paketini aldı, yataktan kalkmadan sigarasını yaktı. İçerisi zaten leş gibi kokuyordu. Bir de üzerine yeni yaktığı sigara kokusu eklenince temiz havadan yoksun odası daha da beter kokmaya başladı. Umursamadı, alışmıştı artık bu kokuya. Hatta bu kokuyu sever olmuştu bir süre sonra. "*Pisliği sevmek tam da bana* göre..." diye mırıldandı, kendi sesini kendisi bile zor duydu. Yavaşça doğruldu yataktan, yarılamış olduğu sigarasını dudaklarının arasına sıkıştırıp, akşamdan üzerinde kalan tişörtü çıkarmadan gömleğini üstüne geçirdi. Kapının arkasında duran askılıktan pantolonunu da alıp giydikten sonra, dudaklarının arasına sıkıştırdığı sigaradan sert bir nefes daha içine çekerek, sigarayı yerde duran kül tablasına bastı. Yüzünü yıkayıp uykusundan arınmak için banyoya girdi. Aynanın karşısına geçtiğinde tükenmiş suratını görünce tiksindi kendinden, ellerini lavabonun kenarına dayayarak, "*Hayatın, bütün insanların, işverenlerin, sigara patronlarının, bütün sigara tiryakilerinin ağzına sıçayım!*" diye bağırdı. Ardından kahkaha atarak gülmeye başladı, hem delirmiş gibi gülüyor hem de aklına o an ne geliyorsa ağız dolusu küfrediyordu. Bir süre aynada suratına bakarak gülmeye ve küfretmeye devam etti. Sonra birden gülmekten vazgeçip ciddileşti, aynada gördüğü yüzün kıvrımlarını inceledi, gözlerini açıp kapattı, tekrar inceledi yüzünü. Değişen bir şey yoktu, boktan suratı halen karşısında duruyordu. Yüzünü aynaya iyice yaklaştırıp, "*Senin var ya, asıl senin ağzına sıçayım, mahvettin lan hayatımı!*" diyerek bir küfür de kendine savurdu...

BALIK

– Bu denizde ilk defa senin gibi bir balık görüyorum. Ne işin var senin burada?

– Canım sıkıldı.

– Bir balık canının sıkıldığını nasıl anlar, ne oldu da canın sıkıldı?

– Ailem beni reddetti.

– Peki ama neden?

– İnsan olmak istiyordum. Ailem de bunu kabullenmedi.

– Benden sana söylemesi, insan olmak hiç de güzel bir şey değil!

– Bence siz hayatın kıymetini biliyorsunuz, benim yerimde olsaydın böyle konuşmazdın!

– Keşke senin yerinde olsaydım.

– Tamam o zaman ruhumuzu takas edelim.

– Peki ama, nasıl olacak bu?

– Sandaldan atlayıp açık denize doğru yüzmen gerek, nefesin kesildiği an kendini denizin kollarına bırak. Öldüğünü zannettiğin an, ruhumuzu takas etmiş olacağız.

Elindeki cansız balığı yavaşça sandalın içinde duran kovanın içine bıraktı. Usulca yerinden kalkıp, ayağındaki çizmeleri çıkardı. Kovanın içerisinde kendisine gülen balığın gözlerine baktı. Birazdan bu hayattan kurtulup, uçsuz bucaksız denizin içinde özgür olacaktı. Üzerindeki elbiseleri teker teker çıkardı. Yeni hayatında bunların hiçbirine ihtiyacı olmayacaktı. Başını kaldırıp gökyüzüne son kez güldü, birazdan şiddetli bir yağmur yağacaktı. Çırılçıplak bedenini inceledi, yılların yorduğu, eskittiği gözkapaklarını okşadı nasır tutmuş elleriyle. Kovanın içine bıraktığı balığa dönüp, "*Hoşça kal!*" dedi. Ve bedenini denizin tuzlu ve soğuk suyuna bıraktı. Arkasına bakmadan açık denize doğru tüm gücüyle yüzdü…

Bir süre sonra şiddetli bir yağmur başladı. Denizin ortasında duran başıboş sandalın içinde eski elbiseler ve bir kovanın içinde duran cansız balıktan başka bir şey yoktu…

AMA SÜHEYLA SANA OLAN AŞKIMI KİMSE ANLAMIYOR

– Abi köpekler gibi sevdim onu be!

– Kimi?

– Kimi mi? Abi ben bir saattir sana burada Süheyla'yı nasıl sevdiğimi anlatıyorum. Süheyla'nın yokluğu bana acı veriyor diyorum, içimde derin bir ağrı var diyorum. Sen beni hiç dinlemedin mi?

– Ha şu mevzu, mal mısın oğlum sen?

– Ayıp oluyor ama abi. Âşığım diyorum sen beni hiç iplemiyorsun.

– Bana bak lan, aşk nedir?

– Aşk Süheyla'yı sevmektir!

– Bak hâlâ Süheyla diyor. Aşk oksijendir oğlum. Oksijensiz yaşayabilir misin lan sen?

– Oksijen derken, yaşayamam herhalde abi. Ama benim oksijenim de Süheyla. Yani bu mantıkla yola çıkarsak, evet aşk oksijendir.

– Ben onu mu diyorum? Hem, herhalde yaşayamam ne lan? Tabii ki yaşayamazsın.

– Tamam abi kızmana gerek yok, Süheyla yüzünden düşünemiyorum.

– Sen zaten normalde de düşünemiyordun ki.

– Sen niye Süheyla'ya taktın bu kadar abi?

– Lan bana ne Süheyla'dan? Seviyorsan git konuş.

– Öyle diyorsun da abi, olmuyor işte öyle.

– Nasıl oluyor?

– Neyse boş ver abi. Peki sen hiç âşık olmadın mı?

– Oldum.

– Hadi ya kime?

– Kısa Marlboro'ya.

– Abi saçmalama ya, sana ciddi bir şey soruyorum burada.

– Lan oğlum sen az önce Süheyla'nın yokluğu yüzünden acı çekiyorum demedin mi?

– Dedim.

– Ben de kafamda tarttım. Aşk bir şeyin yokluğu yüzünden çekilen acıysa, ben de Marlboro'nun yokluğunda acı çekerim. Demek ki ben de Marlboro'ya âşığım.

– Ha evet çok mantıklı. Aslında mantıksız gibi ama düşününce biraz mantık var içinde sanki.

– En azından Süheyla'dan mantıklı lan. Bence sen bunu bir düşün.

– Neyi düşüneyim abi? Saçma sapan konuşmaya başladın yine.

– Ne bileyim lan düşün bir şeyler işte.

– Tamam abi ben düşüneceğim. Sen de bir siktir git çay koy lütfen bu mevzu da kapansın…

TELEFONUN UCUNDAKİ YABANCI

Adam: Mutluluğu aradığını söylemiştin, buldun mu aradığını?

Kadın: Hayır düş kırıklığına uğradım!

Adam: Peki ama bana neden yalan söyledin?

Kadın: Bazen böyle olur, gerçekleri söyleyemez insan. Yalana sığınır, ben de bunu yaptım.

Adam: Aklımda hiçbir şey yok! Düşünemiyorum artık. Küçük bir "mi" sesi bile yok aklımın içinde.

Kadın: Hep böyle değil miydin zaten?

Adam: Hatırlamıyorum. Seni neden aradığımı bilmiyorum. Sen de neden benimle konuştuğunu bilmiyorsun. Onlar da bilmiyor.

Kadın: Belki de seninle neden konuştuğumu biliyorumdur.

Adam: Hep konuşuyorum değil mi? Hiç susmayacak gibi. Susmayı bilmiyorum ben. Konuşursam her şey düzelecekmiş gibi geliyor bana. Ama hiçbir şeyin düzeldiği yok! Her şey daha da kötüye gidiyor. Sende de böyle oluyor mu?

Kadın: Bilmiyorum.

Adam: Benimle konuşmak istemiyorsun değil mi? Çok fazla sözcük duymuyorum senden.

Kadın: Hayır, sadece seni dinlemeyi tercih ediyorum. Benim anlatacak fazla bir şeyim yok.

Adam: Herkesin anlatacak bir şeyleri vardır. Ben sadece çok fazla yer gördüm. Çok fazla insan tanıdım. Ama hepsinden nefret ettim. Sen hariç! Senden neden nefret etmediğimi bilmiyorum. Bu iyi bir şey mi yoksa kötü mü onu da bilmiyorum.

Kadın: Ben de bilmiyorum ama benden nefret etmemene sevindim.

Adam: Neyse, kapatmam gerek. Ben bir yolculuğa çıkıyorum. Ve gittiğim yerin nasıl bir yer olduğunu bilmiyorum. Sadece sesini duymak istedim. Lütfen bana hoşça kal deme, böylesi daha iyi…

Adam telefonu sertçe kadının yüzüne kapatır. Kadın, adamın son söylediklerine bir anlam veremez. Huzursuz bir şekilde pencerenin kenarına gelir. O sırada çok uzak bir şehirde gecenin zifiri karanlığının içerisinde bir silah sesi yankılanır…

Dibe vurmak iyidir.

İnsan dibe vurduğu zaman sahte aşklardan ve

sahte dostluklardan arınır…

İki şehir arasındaki mesafe ne kadar uzaktır? Ya da iki kalp arası iki dudak ile kaç dakikada birbirine ulaşır? Ne yüreğime ne de dudaklarıma laf dinletebiliyorum işte!

Biri içerisinde seni yaşatırken bir diğeri ismini sayıklıyor…

Seni düşlüyorum

Seni özlüyorum

Kahrolası bir zaman işte! Ne yaparsam yapayım, gelmiyorsun…

"Olur da bir gün geri gelmeye karar verirsen, avuçlarıma umudu, omuzlarıma ise sensizliği bıraktığın yerdeyim…"

Mesud Topal

"Hayatı anlamak aşkı anlamaktır. Mesud Topal bu kitap da aşkı öyle güzel anlatıyor ki, her cümlesi bir nefes gibi hayata sıkıca sarılmanızı sağlıyor…"

Ertürk Akşun